국어 교과서 작품 읽기
중2 시

국어 교과서 작품 읽기: 중2 시

전면 개정판 1쇄 발행 • 2018년 12월 10일
전면 개정판 18쇄 발행 • 2024년 2월 7일

엮은이 • 김아란 박성우
펴낸이 • 염종선
책임편집 • 정편집실
조판 • P.E.N.
펴낸곳 • (주)창비
등록 • 1986년 8월 5일 제85호
주소 • 10881 경기도 파주시 회동길 184
전화 • 031-955-3333
팩시밀리 • 영업 031-955-3399 편집 031-955-3400
홈페이지 • www.changbi.com
전자우편 • ya@changbi.com

ⓒ (주)창비 2018
ISBN 978-89-364-5880-5 44810
ISBN 978-89-364-5967-3 (전3권)

국어 교과서 작품 읽기

중2 시

김아란·박성우 엮음

창비

우리는 학교에서 여러 과목을 공부합니다. 과목마다 학습 방법도 재미도 다르지만, 한 가지 공통점이 있다면 모두 우리말, 우리글로 이루어진다는 점입니다. 달리 말해 국어 공부가 바탕이 되지 않으면 다른 과목이 더 어렵게 느껴질 수도 있지요. 더욱이 국어는 학교에서 배워야 하는 공부의 대상일 뿐 아니라 우리 삶 곳곳에서 쓰이는 소통의 도구입니다. 따라서 국어를 익히는 과정은 세상과 소통하는 법을 배우며 한 인간으로서 성장하는 과정이기도 합니다.

'국어 교과서 작품 읽기'는 2010년 출간된 이래 수많은 학생들과 학부모, 선생님들에게서 큰 관심과 사랑을 받아 왔습니다. 이전까지 한 권이던 국정 국어 교과서에서 여러 권의 검정 국어 교과서로 바뀌면서 나오기 시작한 '국어 교과서 작품 읽기'는 변화된 교육 과정에 발맞추어 다종의 국어 교과서에 실린 문학 작품을 갈래별로 가려 뽑아 재구성해 다채로운 작품을 접할 수 있게 한 시리즈입니다. 초판 이후 2013년부터 새로운 교육 과정에 맞추어 개정판을 냈으며, 이번에 다시 한번 개정된 교육 과정에 맞추어 2019년 새 국어 교과서 9종에 대비하는 '전면 개정판'을 내게 되었습니다.

2018년부터 시행되고 있는 '2015 개정 교육 과정'은 학생이 자신과 세계를 이해하고 공동체의 구성원으로 소통하는 법을 배울 수 있도록 국어 교과 역량을 기르는 것을 강조합니다. 즉 비판적·창의적 사고 역량, 자료·정보 활용 역량, 의사소통 역량, 공동체·대인 관계 역량, 문화 향유 역량, 자기 성찰·계발 역량 등을 키우는 일이 중요해집니다. 이를 위해 과목을 넘나드는 창의 융합 활동이 제시되고, 학습량을 20퍼센트 가까이 줄이는 대신 학습의 질을 높였습니다. 국어 교과서에서도 문학 작품을 인문, 과학 영역과 접목해 통합적으로 읽고 생각하기를 권장하고 있습니다.

이번 '국어 교과서 작품 읽기'는 이처럼 문학 작품 독해의 질을 높이고 국어 능력을 강조하는 교육 과정의 큰 변화에 발맞추어 전면 개정한 것입니다. 이 시리즈는 문학 작품을 읽어 가면서 느낀 재미와 감동을 확인하고 생각하는 힘을 기르는 데 도움을 줄 것입니다.

시는 함축적인 언어로 표현된 간결한 글입니다. 우리는 시를 통해 생각과 상상력을 키우기도 하고 아름다운 삶의 가치를 깨치기도 하는데요. 여러분이 시 읽기를 통해 시는 결코 멀리 있는 것이 아니라는 것을 알아 가면서 한 뼘쯤 더 마음의 키를 키우면 좋겠습니다.

엮은이는 이번에 새롭게 개편된 중2 국어 교과서 9종을 설레는 마음으로 읽어 나갔습니다. 머리를 맞대고, 시를 기쁘고 흥미롭게 접하는 방법에 대해 고민을 했습니다. 거리낌 없이 맘껏 상상하고 꿈꾸면서 시와 함께할 수는 없을까를 궁리했습니다. 의견을 나눈 끝에 우리는 45편의 시를 선정했습니다.

차례는 봄 여름 가을 그리고 겨울을 염두에 두고 총 4부로 구성했습니다. 풋풋한 출발을 알리는 1부 '새로운 길'에는 새싹과 꽃이 올라오는 봄기운을 중심에 두고 꾸렸습니다. 2부 '매미의 사랑'에는 한없는 뜨거움과 발랄한 상상력을 주는 시편을 많이 넣어 봤습니다. 3부 '엄마 걱정'은 가을의 깊이와 생각의 깊이를 염두에 두고 챙겼는데 여러분의 마음도 한결 깊어지지 않을까 여겨집니다. 마지막으로 4부 '따뜻한 저녁'에서는 정답고 포근한 시들이 여러분을 다정하게 안아 줄 것입니다. 한편, 고전 시가(시조)도 가급적 빼놓지 않고 넣어 시 읽기의 폭을 넓히려 했다는 마음 전합니다.

여전히 더러는 시에 대한 부담감이 있기도 할 텐데요. 우리는 여러분이 쉽고도 친근하게 시에 다가갈 수 있도록 시편마다 '감상 길잡이'를 두었습니다. 한 편의 시마다 도움이 될 만한 '활동'을 넣었으니 여러분 각자의 생각과 느낌을 자연스레 시에 담아 보면 어떨까 합니다. 그럼, 모쪼록 신나고 즐거운 시 읽기가 되기를 바랍니다.

2018년 12월
김아란 박성우

차례

1부 새로운 길

2부 매미의 사랑

3부 엄마 걱정

4부 따뜻한 저녁

일러두기

1. '2015 개정 교육과정'에 따른 중학교 검정 교과서 9종 『국어』 2-1, 2-2에 수록된 시들 중에서 45편을 가려 뽑았습니다.
2. 시가 처음 수록된 시집이나 전집을 원본으로 삼았습니다.
3. 표기는 가급적 원문에 충실히 따르는 것을 원칙으로 하였습니다. 다만 시의 분위기나 어감을 해치지 않는 선에서 현행 표기로 바꾸기도 하였습니다. 띄어쓰기는 모두 현행 표기법에 따랐습니다.
4. 한자는 모두 한글로 바꾸고 꼭 필요한 경우에만 괄호 안에 넣었습니다.
5. 시 끝부분에 낱말 풀이를 달았습니다.
6. 활동의 예시 답안은 창비 홈페이지(www.changbi.com)의 '자료실—어린이 청소년 자료실'에 있습니다.

1부

새로운 길

민지의 꽃

● 정희성

강원도 평창군 미탄면 청옥산 기슭
덜렁 집 한 채 짓고 살러 들어간 제자를 찾아갔다
거기서 만들고 거기서 키웠다는
다섯 살배기 딸 민지
민지가 아침 일찍 눈 비비고 일어나
저보다 큰 물뿌리개를 나한테 들리고
질경이 나싱개 토끼풀 억새……
이런 풀들에게 물을 주며
잘 잤니, 인사를 하는 것이었다
그게 뭔데 거기다 물을 주니?
꽃이야, 하고 민지가 대답했다
그건 잡초야, 라고 말하려던 내 입이 다물어졌다
내 말은 때가 묻어
천지와 귀신을 감동시키지 못하는데
꽃이야, 하는 그 애의 말 한마디가
풀잎의 풋풋한 잠을 흔들어 깨우는 것이었다

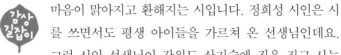 마음이 맑아지고 환해지는 시입니다. 정희성 시인은 시를 쓰면서도 평생 아이들을 가르쳐 온 선생님인데요.

그런 시인 선생님이 강원도 산기슭에 집을 짓고 사는 제자를 찾아간 모양이군요. 제자가 낳은 딸 다섯 살 민지는 얼마나 예쁠까요. 민지가 "질경이 나싱개 토끼풀 억새"에 물을 주며 "잘 잤니" 인사하는 모습이 눈에 선하게 보이는 듯합니다. "꽃이야" 하는 민지의 예쁜 목소리가 귀에 들리는 것만 같습니다. '꽃이야' 말하는 민지에게 시인 선생님이 그건 '잡초야'라고 말했다면 어땠을까요. 아는 척하거나 때가 묻은 말보다는 "풀잎의 풋풋한 잠을 흔들어 깨우는" 말을 많이 해야겠습니다.

 시인은 「민지의 꽃」에서 '때가 묻은 말은 천지와 귀신을 감동시키지 못한다'고 하였는데요. 가장 가까이 있는 친구에게 '넌 정말 꽃 같아!' '넌 언제나 감동적이야!'라는 말과 같이 내 마음을 담은 말 한마디 전해 보면 어떨까요?

진달래꽃

• 김소월

나 보기가 역겨워
가실 때에는
말없이 고이 보내 드리오리다

영변에 약산
진달래꽃
아름 따다 가실 길에 뿌리오리다

가시는 걸음걸음
놓인 그 꽃을
사뿐히 즈려밟고 가시옵소서

나 보기가 역겨워
가실 때에는
죽어도 아니 눈물 흘리오리다

• **영변** 평안북도에 있는 지명.
• **약산** 평안북도 영변 서쪽에 있는 산. 경치가 좋기로 이름난 약산 동대가 있고, 예부터 진달래로
  유명함.
• **즈려밟고** 위에서 눌러 밟고. '지르밟고'의 잘못.

자신이 좋아하는 친구가 싫다고 떠나면 어떤 마음일까요? 에스엔에스(SNS)상에서 문자 한 통으로 이별을 고하는 아이들이 많다는 요즘, 「진달래꽃」을 읽은 아이들은 화자를 어떻게 생각할지 궁금해요. 시의 화자는 사랑하는 임을 고이 보내 드린다는데, 어쩐지 화자의 태도에서는 정반대의 마음이 느껴져요. 시적 화자의 분신이나 다름없는 진달래꽃으로 길을 만들고, 그 꽃길을 "사뿐히 즈려밟고" 가라니! 이별하는 마당에 슬픔을 참고 꽃길을 만들어 축복해 주겠다는 이 말은 새빨간 거짓말 같지 않나요? '죽어도 아니 눈물 흘리겠다'는 마지막 연에서 임과의 이별을 인내하겠다고 다짐하지만 임을 꼭 붙잡아 두고 싶어 하는 화자의 간절하고 적극적인 의지가 더 느껴집니다.

 「진달래꽃」에서 가장 인상적인 부분을 찾고, 그 이유를 써 봅시다.

새로운 길

● 윤동주

내를 건너서 숲으로
고개를 넘어서 마을로

어제도 가고 오늘도 갈
나의 길 새로운 길

민들레가 피고 까치가 날고
아가씨가 지나고 바람이 일고

나의 길은 언제나 새로운 길
오늘도…… 내일도……

내를 건너서 숲으로
고개를 넘어서 마을로

우리는 살아가면서 수없이 많은 길을 만나고 또 지나가게 되는데요. 지금 지나는 길이 지루하게 느껴지나요, 새롭게 느껴지나요? 지루한 길을 갈 때와 새로운 길을 갈 때는 분명 느낌이 다른 것 같은데요. 지루하다고 여겨지는 길을 갈 때는 어쩐지 힘이 들지만 새롭다고 여겨지는 길을 갈 때는 뭔가 설레면서 기운도 나지요. 시인은 "나의 길은 언제나 새로운 길"이라고 다짐하듯 말하면서 삶을 밀고 가고 있는데요. 첫 연에 나왔던 "내를 건너서 숲으로/고개를 넘어서 마을로"라는 말이 마지막 연에서 다시 반복되면서 새로운 길을 가고자 하는 마음이 강조되고 운율도 살아나고 있습니다.

 「새로운 길」에 나오는 '길'은 '살아가면서 나아갈 길'을 보여 주고 있는데요. 꿈을 떠올려 보면서 나는 어떤 삶의 길로 나아가고 싶은지 3줄 내외로 짧게 써 볼까요?

낙화

● 이형기

가야 할 때가 언제인가를
분명히 알고 가는 이의
뒷모습은 얼마나 아름다운가.

봄 한철
격정을 인내한
나의 사랑은 지고 있다.

분분한 낙화……
결별이 이룩하는 축복에 싸여
지금은 가야 할 때,

무성한 녹음과 그리고
머지않아 열매 맺는
가을을 향하여

• **낙화(落花)** 떨어진 꽃. 또는 꽃이 떨어짐.
• **격정** 강렬하고 갑작스러워 누르기 어려운 감정.
• **분분한** 여럿이 한데 뒤섞여 어수선한. 어지러운.

나의 청춘은 꽃답게 죽는다.

헤어지자
섬세한 손길을 흔들며
하롱하롱 꽃잎이 지는 어느 날

나의 사랑, 나의 결별,
샘터에 물 고이듯 성숙하는
내 영혼의 슬픈 눈.

「낙화」는 꽃잎이 떨어지는 것을 보고 이별을 떠올려 보는 시이지요. '낙화'를 '이별'에 비유했습니다. 여름철의 무성한 녹음과 가을철의 튼튼한 열매를 위해 봄철에 꽃이 피고 지는 것은 자연의 순리지요. 첫 연의 "가야 할 때가 언제인가를/분명히 알고 가는 이의/뒷모습"은 낙화를 의미합니다. 꽃이 지는 낙화를 아름답다고 한 것은 자연의 순리에 따르기 때문이겠지요.

우리들의 삶도 가만히 들여다보면 이러한 자연의 현상과 닮아 있답니다. 청춘 시절 한번쯤은 사랑의 열병을 앓다가 이별의 아픔을 경험하게 되지요. 시인은 이것을 "나의 청춘은 꽃답게 죽는다"라고 표현했습니다. 이별은 '나'에게 고통을 주지만 '성숙한 내 영혼'을 위해 겪어야 할 과정인 것입니다. 그래서 결별해야 할 때가 언제인지 분명히 알고 홀연히 떠나는 이의 뒷모습이 아름다운 걸까요?

이별은 축복이 될 수 있을까요? 「낙화」 3연에 나온 "결별이 이룩하는 축복"이란 무슨 뜻일지 생각해 봅시다.

빵집

● 이면우

빵집은 쉽게 빵과 집으로 나뉠 수 있다
큰길가 유리창에 두 뼘 도화지 붙고 거기 초록 크레파스로
아저씨 아줌마 형 누나님
우리 집 빵 사 가세요
아빠 엄마 웃게요, 라고 쓰여진 걸
붉은 신호등에 멈춰 선 버스 속에서 읽었다 그래서
그 빵집에 달콤하고 부드러운 빵과
집 걱정 하는 아이가 함께 살고 있다는 걸 알았다

나는 자세를 반듯이 고쳐 앉았다
못 만나 봤지만, 삐뚤빼뚤하지만
마음으로 꾹꾹 눌러쓴 아이를 떠올리며

빵집은 잘되고 있겠죠. 엄마 아빠도 아이도 잘 지내고 있겠죠? 차를 타고 갈 때면 차창 밖을 무심히 바라보면서 가게 되는데요. 어느 날 버스를 타고 가다가 우연히 이면우 시인의 「빵집」에 나오는 저런 귀엽고 예쁜 풍경을 만나게 된다면 어떨까요. 은근 마음 든든해지고 행복해질 것만 같은데요. 초록 크레파스로 삐뚤빼뚤 쓴 글씨 "아저씨 아줌마 형 누나님/우리 집 빵 사 가세요/아빠 엄마 웃게요"라는 부분을 읽다 보니 슬며시 기분 좋은 웃음이 나옵니다. 한데, 화자는 왜 "자세를 반듯이 고쳐" 앉았을까요. 아무리 어린아이의 마음 표현이라고 해도 그냥 웃어넘기기엔 그 깊이가 너무 깊어서 그러는 건 아닐까요.

 「빵집」에는 여러 심상(이미지)이 활용되고 있는데요. "초록 크레파스"나 "붉은 신호등"과 같은 표현을 '시각적 심상'이라고 합니다. 이 시에서 '미각적 심상'과 '촉각적 심상'이 나오는 시행을 찾아 밑줄을 그어 볼까요?

시 창작 시간

● 조향미

오늘은 우리도 짧은 시 한 편 써 보자
그동안 배운 비유와 상징 이미지도
때깔 좋게 버무려 맛있는 시를 빚어 보렴
말 끝나기도 전에 으아—
인상 찌푸리며 비명 질러 대던 아이들은
시제 두어 개를 칠판에 써 놓으니
금방 연필 들고 공책 위에 납작 몸을 낮춘다
먹이 앞에 순해지는 강아지처럼
소풍날 보물찾기 나선 꼬마들처럼
녀석들이 이제 무얼 찾아 들고 나타날까
갓 피어난 별꽃 한 점일까
오래전에 잃어버린 무지갯빛 구슬일까
짐짓 가려 둔 흉터일까
이마 짚고 턱 괴며 골똘한 얼굴들
교실에는 아련한 눈빛으로 팔랑팔랑
시의 꽃가루를 찾는 나비도 몇 마리 있다
물론, 선뜻 씹히지 않는 생의 먹잇감에

• **시제** 시의 제목이나 제재.

끙끙대며 씨름하는 강아지들이 더 많다
만지작거리다 밀어 놓은 언어의 허물
책상 위에 지우개 가루만 소복이 쌓인다
그 속에 사금처럼 시가 반짝이고 있다

• **사금** 모래나 자갈 속에 섞인 금.

요즘 학생들은 "오늘은 ~에 대해 써 보자." 하면 몇몇 글쓰기를 좋아하는 아이들을 제외하곤 일단 반기지 않는 것 같습니다. 짧은 감상평이든, 소설 뒷이야기든 쓰는 것 자체가 부담인데 '비유'와 '상징'이 있는 시라니! 게다가 표현 방법까지 넣어 "때깔 좋게 버무려 맛있는 시를 빚어"보라는 선생님. 수없이 썼다 지웠다를 반복하며 한 줄도 못 쓴 채 머리만 긁적이고 손도 못 대거나 아예 엎드려 잠을 자는 아이들도 있어요. 하지만 놀랍고 신기하게도 아이들은 찾아 나서고, 또 찾아내지요. 반짝반짝 빛나는 사금 같은 시들을. 그 순간 아이들의 한숨 섞인 탄식은 환호성이 되어 자신은 물론 선생님까지 행복하게 합니다.

 「시 창작 시간」에서 시를 쓰는 아이들을 빗대어 표현한 시행을 찾아보고, 학교에서 시 창작 시간이 되면 어떤 마음이 들었는지 말해 봅시다.

풀잎에도 상처가 있다

● 정호승

풀잎에도 상처가 있다
꽃잎에도 상처가 있다
너와 함께 걸었던 들길을 걸으면
들길에 앉아 저녁놀을 바라보면
상처 많은 풀잎들이 손을 흔든다
상처 많은 꽃잎들이
가장 향기롭다

그 크기는 조금씩 다르겠지만 세상에 상처 없이 사는 사람이 있을까요? 우리는 친구의 사소한 말 한마디에도 상처를 받기도 하고, 엄마 아빠나 선생님이 무심코 한 말에도 상처를 입기도 하는데요. "풀잎에도 상처가 있다"고 시인이 말해 주기만 해도 위로가 되는 듯합니다. "상처 많은 꽃잎들이/가장 향기롭다"는 말을 되새겨 읽는 것만으로도 상처가 치유되는 것 같습니다. 상처를 보여 줄 수 있는 사람이 진짜 내 사람일 테고, 상처를 어루만져 줄 수 있는 사람이 진짜 내 사람일 텐데요. 그런 사람과 저녁놀도 보면서 "상처 많은 풀잎들이 손" 흔들어 주는 들길을 걸을 수 있다면 정말 좋겠습니다.

「풀잎에도 상처가 있다」를 읽으면서 '그래, 아픔과 시련을 이겨 낸 사람의 삶이 더욱 향기롭고 아름답겠구나!' 하고 느꼈을 텐데요. 아래 시행 중에서 '마냥 강인해 보이는 사람한테도 상처가 있겠구나!' 하고 느껴지는 부분에 ○표를 해 보고, '마냥 예쁘고 아름다워 보이는 사람한테도 상처가 있겠구나!' 하고 느껴지는 부분에 ☆표를 해 보세요.

풀잎에도 상처가 있다 (　　　)
꽃잎에도 상처가 있다 (　　　)

딸기

● 이재무

오십 리 길 짐차에 실려 왔어유
멀미도 가시기 전에
낯선 거리 쐬댕기면서
지 몸 살 사람 찾고 있지유
목마름은 이냥저냥 견딜 수 있슈
헌디, 볼기짝 쥐어뜯으며
살결이 거칠다느니
단맛이 무르다느니 허진 말어유
지 몸이 그냥 지 몸인가유
이만한 몸뗑이 하나 살리기 위해서두
하느님 손 농부 손 고루 탔어유
그러니께 지폐 한 장으루다
우리 식구 사돈에 팔촌까지 두루 사 가는 선상님들
몸값이나 후하게 쳐주셔야겠슈

'-유/슈' 하는 말투로 보아 충청도에서 온 딸기가 틀림없네요. 구수하고 능청스러운 시골 딸기가 하는 말이 너무 재밌고 웃음도 나요. 그런데 6행의 '헌디'부터는 우습게만 보였던 딸기가 더 이상 만만하게만 보이지 않지요. 오히려 딸기를 사거나 먹을 때 내뱉었던 말—좀 무르네. 흐물흐물하네. 상했네 등—이 떠올라 슬슬 딸기에게 미안해져요. 게다가 딸기 한 알 한 알마다 농부와 하늘의 정성 어린 손길과 보살핌이 있었을 터인데, 그 생각은 까맣게 잊고 '싸고 때깔 좋은 딸기 없나? 어디 흠잡을 데는 없나?' 하고 요리조리 살펴봤던 것이 부끄러워집니다. 밥 알 하나에도 온 우주의 기운이 있는 것처럼 딸기 한 개에 담긴 수많은 사람들의 노고와 감사함을 잊지 말아야겠어요.

 딸기를 키운 농부의 마음이 되어 딸기들에게 말을 걸어 봅시다.

메아리

● 최승호

망치처럼 나무를 두드리던
딱따구리야 어딨니이
따구리야 어딨니이
구리야 어딨니이
리야 어딨니이
야 어딨니이
어딨니이
딨니이
니이
이

산에 오르거나 골짜기에 들어서 소리를 질러 본 적이 있나요? 우리가 있는 힘껏 소리를 지르면 그 소리가 어딘가에 부딪혀 되돌아오는 걸 경험해 본 적이 있을 텐데요. 최승호 시인의 「메아리」에는 청각적인 느낌뿐 아니라 시각적인 느낌까지도 나타납니다. 시인은 어떻게 메아리를 눈에 보이는 것처럼 그려 낼 수 있었을까요. 정말 대단하다는 생각이 드는데요. "망치처럼 나무를 두드리던" 딱따구리를 찾는 목소리가 앞산에 부딪혀 계속 울리는 것만 같습니다. "딱따구리야 어딨니이" 하는 말이 왼쪽 위 둘째 행에서부터 오른쪽 아래로 내려가면서 딱 맞아떨어져 읽히는 것도 무척 재미있습니다.

 지금 내가 아무도 없는 산 정상에 올라 있다면 뭐라고 외치고 싶을까요? 크게 외치고 싶은 말을 한번 써 보세요!

새싹 하나가 나기까지는

● 경종호

비가 오면 생기던 웅덩이에 씨앗 하나가 떨어졌지.

바람은 나뭇잎을 데려와 슬그머니 덮어 주고
겨울 내내 나뭇잎
온몸이 꽁꽁 얼 만큼 추웠지만
가만히 있어 주었지.

봄이 되고
벽돌담을 돌던 햇살이 스윽 손을 내밀었어.
그때, 땅강아지는 엉덩이를 들어
뿌리가 지나갈 길을 열어 주었지.
비가 오지 않은 날엔 지렁이도
물 한 모금 우물우물 나눠 주었지.

물론 오늘 아침 학교 가는 길
연두색 점 하나를 피해 네가 '팔딱' 뛰었던 것이
가장 중요한 일이긴 하지만 말이야.

세상에 뿌려진 씨앗이 다 새싹으로 돋아나는 것은 아니지요. 씨앗 하나가 새싹 하나로 태어나기까지는 숨은 공로자가 참 많습니다. 바람, 나뭇잎, 햇살, 땅강아지, 지렁이…… 바람이 나뭇잎을 데려오지 않았다면, 나뭇잎이 춥다고 어린 씨앗 혼자 놔두고 저만 달아났다면 어찌 되었을까요? 따뜻한 봄 햇살이 오돌오돌 떨고 있는 씨앗을 보고도 모른 척했다면? 땅강아지와 지렁이의 도움이 없었다면 뿌리가 잘 내릴 수 있었을까요? 그리고 '어린 새싹쯤이야!' 하고 내가 무심히 밟고 지나쳤다면? 아, 생각만 해도 아찔해요.

지금 이 순간까지 우리를 키운 수많은 것들에 감사해야겠어요. 우리가 지금 살고 있는 이 기적의 순간을 깨닫기만 해도 참 행복한 삶이 될 거예요.

 열다섯 살이 될 때까지 여러분을 키운 것들은 무엇일까요? 생각나는 대로 적어 보세요.

실비

● 강정안

실비 금비 내려라.
잔디밭에 내려라.

실비 꽃비 내려라.
꽃송이에 내려라.

실비 싹비 내려라.
가지마다 내려라.

실비 떡비 내려라.
못자리에 내려라.

실비 은비 내려라.
연못 속에 내려라.

실같이 가늘게 내리는 비를 '실비'라고 하는데요. 각 연의 첫 행이 시작되는 자리마다 '실비'가 반복되고, 모든 행마다 자리한 "내려라"가 반복되면서 운율이 살아나고 있는데요. 이 때문에 시가 경쾌하기까지 합니다. 꼭 필요할 때 오는 비를 '금비'라고 하는데요. "실비 금비"가 잔디밭에 내리면 잔디가 푸릇푸릇 살아날 것입니다. "실비 꽃비"가 꽃송이에 내리면 꽃이 활짝 피어날 것이고 "실비 싹비"가 가지마다 내리면 나무가 싹을 활짝 틔울 것입니다. 볍씨 뿌린 못자리에 떡잎이 나오게 하는 "실비 떡비"가 내리면 풍년이 들 것이고, "실비 은비"가 내리면 연못이 은빛으로 반짝이겠지요.

 비의 종류를 나타내는 우리말이 참 많은데요. '농사에 더없이 요긴하고 유익한 비'는 어떤 비일까요? 아래 보기 중에서 골라 보세요.

① 실비 ② 금비 ③ 꽃비 ④ 싹비 ⑤ 은비

2부

매미의 사랑

사랑

● 안도현

여름이 뜨거워서 매미가
우는 것이 아니라 매미가 울어서
여름이 뜨거운 것이다

매미는 아는 것이다
사랑이란, 이렇게
한사코 너의 옆에 붙어서
뜨겁게 우는 것임을

울지 않으면 보이지 않기 때문에
매미는 우는 것이다

한여름 매미는 줄기차게 울어 댑니다. 왜 저렇게 밤늦게까지 울어 댈까 생각해 본 적이 있나요? 너무 시끄러워 잠을 못 이룰 때도 있었을 거예요. 그런데 시인의 귀에는 매미 울음소리가 '사랑을 위한 애절한 노래'로 들리나 봅니다.

수컷 매미는 짝짓기를 위해 배에 있는 발음 기관(공명 기관)을 울려 암컷을 부른다고 하지요. 짝짓기를 마친 수컷은 곧 죽고, 암컷은 알을 낳은 후에 죽습니다. 짧게는 4~5년, 길게는 17년 동안이나 땅속에 있던 유충은 여름에 매미로 변신하지요. 그리고 죽기를 각오하고 자신의 존재를 드러내기 위해 뜨겁게 울어 댑니다. 시인은 너의 옆에서 네가 볼 수 있도록 "뜨겁게 우는 것"이 바로 사랑이라고 말하지요. 매미의 절규는 바로 매미의 '사랑 노래'인 셈이네요.

매미가 아닌 다른 생물의 입장에서 「사랑」 2연의 모방 시를 써 봅시다.

_____는(은) 아는 것이다

사랑이란, _____

_____

_____

귀뚜라미

● 나희덕

높은 가지를 흔드는 매미 소리에 묻혀
내 울음 아직은 노래 아니다.

차가운 바닥 위에 토하는 울음,
풀잎 없고 이슬 한 방울 내리지 않는
지하도 콘크리트 벽 좁은 틈에서
숨 막힐 듯, 그러나 나 여기 살아 있다
귀뚜르르 뚜르르 보내는 타전 소리가
누구의 마음 하나 울릴 수 있을까.

지금은 매미 떼가 하늘을 찌르는 시절
그 소리 걷히고 맑은 가을이
어린 풀숲 위에 내려와 뒤척이기도 하고
계단을 타고 이 땅 밑까지 내려오는 날
발길에 눌려 우는 내 울음도
누군가의 가슴에 실려 가는 노래일 수 있을까.

매미 우는 소리가 들리면 '여름이 왔구나.' 하고, 귀뚜라미 우는 소리가 들리면 '가을이 왔구나.' 하는데요.

지금은 매미 우는 소리가 "높은 가지를 흔드는" 여름입니다. 귀뚜라미 울음소리는 누군가의 가슴을 울리는 노래가 될 수 있을까요? 이 시의 화자인 귀뚜라미는 바닥이 차가운 지하도 콘크리트 벽에서 살아가고 있습니다. 그것도 숨이 막히게 좁은 틈에서 말이지요. 귀뚜라미가 가까스로 토해 내는 울음소리가 들리나요? 여전히 "매미 떼가 하늘을 찌르는" 여름인데요. 귀뚜라미는 결코 주저앉지 않고 "나 여기 살아 있다"고 말하며 힘든 현실을 이겨 내고자 하고 있습니다. 맑은 가을이 땅 밑으로 내려올 날을 기다리고 있습니다.

 「귀뚜라미」를 천천히 살펴보면서 아래 보기 중에서 맞는 말에 ○를, 틀린 말에 ×를 해 볼까요?

1. "내 울음 아직은 노래 아니다"에서 '내 울음'은 귀뚜라미의 울음이다. (　　)
2. 이 시의 계절적 배경은 봄이다. (　　)
3. "그러나 나 여기 살아 있다"에는 힘든 현실을 이겨 내고자 하는 화자의 의지가 담겨 있다. (　　)

비린내라뇨!

● 함민복

우리들한테
비린내 난다고 하지 마세요

코 막지 마세요

우리도 피부를 보호하기 위해
미끄러운 피부, 거친 피부
다 특성에 따라
정성 들여 화장한 거예요

이렇게
향기가 다양한 걸
무조건 다 비린내라뇨!

이건, 정말
언어폭력이에요

　　—물고기 일동

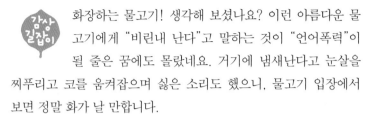

화장하는 물고기! 생각해 보셨나요? 이런 아름다운 물고기에게 "비린내 난다"고 말하는 것이 "언어폭력"이 될 줄은 꿈에도 몰랐네요. 거기에 냄새난다고 눈살을 찌푸리고 코를 움켜잡으며 싫은 소리도 했으니, 물고기 입장에서 보면 정말 화가 날 만합니다.

물고기는 사람들한테 무슨 냄새가 난다고 할까요? 여러분은 어떤 냄새가 난다는 말을 듣고 싶나요? 정말 별것 아니라고 생각했던 우리의 일상이, 누구의 눈으로 어떤 기준으로 보느냐에 따라 얼마나 달라질 수 있는지를 보여 주는 시인의 재치와 상상력이 참 놀랍네요. 재밌게 읽기 시작했는데, 사람 중심의 세상에서 살고 있는 나 자신이 부끄러워져요.

우리 주변의 생물이나 또는 사물의 입장이 되어 사람들에게 보내는 시를 써 봅시다.

우리말 사랑 1

• 서정홍

자고 일어나
달리기를 하면 발목 삘까 봐
조깅을 한다.
땀이 나
찬물로 씻으면 피부병 걸릴까 봐
냉수로 샤워만 한다.
아침밥은 먹지 못하고
식사만 하고
달걀은 부쳐 먹지 않고
계란후라이만 해 먹는다.

일옷은 입지 않고
작업복만 골라 입고
일터로 가지 않고
직장으로 가서
일거리가 쌓여 밤샘 일은 하지 않고
작업량이 산적해 철야 작업을 하고
핏발 선 눈은

충혈된 눈이 되어 집으로 돌아가면
아내는 반찬을 사러
가게로 가지 않고
슈퍼에 간다.

실컷 먹고 뒤가 마려우면
뒷간으로 가지 않고
화장실로 가서
똥오줌은 누지 않고
대소변만 보고 돌아와
오랜만에 아내와 마주 앉아
얘기를 나누다 잠이 들면 될 텐데
와이프와 마주 앉아
대화를 나누다 잠이 든다.

이 시는 우리말에 대해 참 많은 생각을 하게 하는데요. 우리가 무심코 쓰는 말 가운데 한자어나 외래어가 이렇게 많은 줄은 미처 몰랐지요? 그렇습니다. 그냥 '달리기'라고 하면 될 것을 '조깅'이라고 하고, '찬물'이라고 하면 될 것을 굳이 '냉수'라고 합니다. '씻는다'고 하면 될 것을 '샤워한다' 하고, '밥 먹는다'고 하면 될 것을 '식사한다'고 합니다. "달걀은 부쳐 먹지 않고 계란후라이만 해" 먹는데요. '일옷'은 '작업복'이 되고 '일터'는 '직장'이 되었습니다. "일거리가 쌓여 밤샘 일"을 한다고 하지 않고 "작업량이 산적해 철야 작업"을 한다고 합니다. '충혈'이라는 한자어도 '슈퍼'라는 외래어도 한번쯤은 더 생각해 보고 써야 할 것 같습니다.

아래에 나오는 한자어나 외래어 옆에 「우리말 사랑 1」의 3연에 나오는 우리말을 찾아 써 보세요.

화장실(化粧室) → (   )   대소변(大小便) → (   )
와이프(wife) → (   )   대화(對話) → (   )

절친

● 복효근

내 건 검은색에 흰 줄
진영이 건 하늘색에 흰 줄

진영이와 나는 슬리퍼 한 짝씩 바꿔 신었습니다.
나는 내 것 왼쪽에 진영이 것 오른쪽
진영이는 내 것 오른쪽에 진영이 것 왼쪽

서로의 절반씩을 줘 버리고 나니
우린 그렇게 절반씩 부족합니다.

서로의 부족한 절반을 알고 있기에
그 서로의 반쪽이 우리를 하나로 묶어 주었습니다.

한쪽 날개밖에 없는 두 마리 새가 만나
두 날개로 하나 되어 날아간다는 비익조처럼
우린 둘이서 하나입니다.

실내화 한 짝씩 바꾸어 신었을 뿐인데

내가 두 개가 된 느낌
내가 두 배가 된 느낌

힘도 꿈도 깡도
하나이면서 둘인, 둘이면서 하나인
온 세상이 온통 우리 것 같은 느낌입니다.

지금 여러분에겐 진심을 주고받을 만한 친구가 한 사람이라도 있나요?

「절친」을 읽고 있으면, 단짝 친구 한 명만 있어도 부러울 것이 없고 온 세상을 얻은 것처럼 마음이 꽉 차올라 행복하게 웃고 있는 한 학생이 그려져요. 친구랑 슬리퍼 한 짝 바꿔 신었을 뿐인데, 이렇게 행복해 보이는 이유는 무엇일까요? 남아서 나누는 것이 아닌, 부족한 반쪽이 두 친구를 더 끈끈한 하나로 묶어 준 것 같네요. 눈과 날개가 각각 한쪽씩 있어 짝을 짓지 않으면 날지 못하는 새, 비익조처럼 내 진심을 알아주고 부족함을 채워 주는 친구가 단 한 명만 있어도 외롭지 않겠지요. 아직 없다고요? 그럼, 여러분을 간절히 기다리는 친구가 있는지 마음을 열고 한번 찾아봐요!

 '역설'은 겉보기에는 말 자체가 논리적으로 모순되지만 그 속에 어떤 진리나 진실을 담고 있는 표현법입니다. 이 시에서 역설적 표현을 찾아보고, 왜 그렇게 표현했는지 써 봅시다.

고향

● 정지용

고향에 고향에 돌아와도
그리던 고향은 아니러뇨.

산꿩이 알을 품고
뻐꾸기 제철에 울건만,

마음은 제 고향 지니지 않고
머언 항구로 떠도는 구름.

오늘도 뫼 끝에 홀로 오르니
흰 점 꽃이 인정스레 웃고,

어린 시절에 불던 풀피리 소리 아니 나고
메마른 입술에 쓰디쓰다.

고향에 고향에 돌아와도
그리던 하늘만이 높푸르구나.

• 뫼 산.

고향에는 알을 품고 있는 '산꿩'이 있고 알맞은 시절에 우는 '뻐꾸기'가 있습니다. 오늘도 올라 보는 산에는 "흰 점 꽃"이 피어 "인정스레 웃고" 있습니다. 그리던 고향 하늘은 높푸르기만 한데요. 정작 화자는 "고향에 고향에 돌아와도/그리던 고향은" 아니라고 합니다. 막상 자신이 태어나고 자란 고향에 와 있지만 마음을 두고 와서 그러는 걸까요? 화자가 "마음은 제 고향 지니지 않고/머언 항구로 떠도는 구름"이라고 말하는 걸 보면, 마음은 아직 고향에 온전히 닿아 있지 않은 것 같습니다. 어째 "어린 시절에 불던 풀피리 소리"도 나지 않고 마른 입술에 쓰디쓴 맛만 남깁니다.

사람이 아닌 대상을 사람인 것처럼 표현하는 수사법을 '의인법'이라고 하는데요. 「고향」에서 의인법이 사용된 시행을 찾아 밑줄을 그어 볼까요?

물, 수, 제, 비

● 정완영

우리 마을 고향 마을 시냇가 자갈밭에
별보다 고운 자갈이 지천으로 깔렸는데
던지면 도마뱀처럼 물길 찰찰 건너갔지

공부도 하기 싫고 노는 것도 시시한 날
나는 냇가로 나가 물수제비 떠먹었지
자갈이 수, 제, 비 되어 퐁당퐁당 나를 달랬지.

• **물수제비** 둥글고 얄팍한 돌을 물 위로 튀기어 가게 던졌을 때 그 튀기는 자리마다 생기는 물결 모양.
• **지천** 매우 흔함

물수제비 떠 본 적 있나요? 물수제비 뜨기는 돌멩이가 물 위로 담방담방 스쳐 지나가게 하는 놀이를 말합니다. 아직 해 본 적이 없다면 작고 반반한 돌을 골라 물 위에 비스듬히 던져 볼까요. 처음엔 돌멩이가 물 위를 튕겨 나가지 못하고 물속에 꼬르록 잠기겠지만, 자꾸 던지다 보면 물 위를 빠르게 건너가듯 몇 번 튕겨 가는 모습을 볼 수 있을 거예요. 그러면 자신도 모르게 "와아!" 하는 탄성이 절로 난답니다.

시골에서 어린 시절을 보낸 '나'는 "공부도 하기 싫고 노는 것도 시시한 날"엔 시냇가에 나가 별보다 고운 돌로 물수제비 뜨며 마음을 달랬나 봅니다.

「물, 수, 제, 비」는 한 행이 4마디(4음보)씩 반복되어 운율이 형성되는 시조랍니다. 일정한 간격을 유지하며 물 위를 떠가는 물수제비처럼, 이 시조를 4마디씩 똑똑 끊어 읽어 보세요.

그림자

● 문삼석

난 꼬마도 될 수 있고
엄청난 거인도 될 수 있다.
아파트 벽쯤 단숨에 오르고
물 위로 벌렁 누울 수도 있다.
하지만 난
혼자서는 안 논다.
꼭꼭 누구랑 같이 논다.
누구가 누구냐구?
바로 너지 누구야.
언제나 너를 따라
함께 노는 나.
그럼 난 누구게?

감상
길잡이 수수께끼의 정답을 맞혔나요? 한 문제가 한 고개라면 「그림자」는 모두 열두 고개를 넘은 셈이네요.

그림자가 뭔지도 모르는 어린 시절, 줄곧 옆에서 움직이던 검은 그림자는 아기들의 신기한 놀잇감이죠. 발로 밟아도 보고, 상상 속의 동물이나 친숙한 강아지로 변신한 그림자와 이야기도 나누고. 하지만 그림자의 실체를 알고 난 후엔 대부분 그림자의 존재를 잊고 살아가지요. 그런데 내가 잠시 잊고 지낸 동안에도, 친구랑 다퉈 혼자 외로울 때도, 학원 끝나고 어두컴컴한 골목길 종종걸음 할 때도, 내 옆을 떠나지 않는 나의 분신이자 언제나 나를 따라 함께 노는 너, 그림자가 있었네요.

활동 수수께끼도 시가 될 수 있어요. 수수께끼 형식을 빌린 시를 써 봅시다.

훈민가 ―제13수

● 정철

오늘도 다 새었다 호미 메고 가자스라
내 논 다 매어든 네 논 좀 매어 주마
올 길에 뽕 따다가 누에 먹여 보자스라

• 훈민가(訓民歌) 백성을 가르치는 노래.
• 가자스라 자가꾸나.
• 매어든 매거든.
• 올 길에 돌아오는 길에.
• 보자스라 보자꾸나.

「훈민가」는 강원도 관찰사이던 정철이 백성을 가르쳐 깨우치기 위해 지은 연시조(하나의 제목 아래 2수 이상으로 구성된 시조)인데요. 원래는 전체 16수로 되어 있는데 여기서는 제13수만을 보여 주고 있습니다. 이 연시조는 일반 백성을 좋은 방향으로 이끌어 나아가기 위한 목적성을 드러내고 있음에도 순우리말을 빼어나게 잘 살리고 있어 깊은 문학성을 보여 주고 있는데요. 먼저, 초장에서는 오늘도 날이 다 밝았으니 호미 메고 가자 청하고, 중장에서는 내 논 풀을 다 매거든 네 논 풀도 매어 주마고 합니다. 종장에서는 오는 길에 뽕 따다가 누에를 먹여 보자고 청하는데요. '가자스라' '보자스라'와 같이 무언가를 함께하자고 하는 목소리가 정겹게 느껴집니다.

「훈민가」 2행 "내 논 다 매어든 네 논 좀 매어 주마"를 사자성어로 표현한다면 아래 보기 중 어떤 것이 가장 적당할까요?

① 상부상조(相扶相助)　　② 설상가상(雪上加霜)
③ 선남선녀(善男善女)　　④ 매란국죽(梅蘭菊竹)
⑤ 마이동풍(馬耳東風)

두꺼비 파리를 물고

• 지은이 모름

두꺼비 파리를 물고 두엄 위에 치달아 앉아
　건넛산 바라보니 백송골이 떠 있거늘 가슴이 섬뜩하여 풀
떡 뛰어 내닫다가 두엄 아래 자빠지거고
　모처라 날랜 나일망정 어혈 질 뻔하여라

현대어 풀이

두꺼비가 파리를 물고 두엄 위에 뛰어올라 앉아
　건넛산 바라보니 흰 송골매가 떠 있어 가슴이 섬뜩하여 펄
쩍 뛰어내리다가 두엄 아래 자빠지고 말았다
　마침 내가 몸이 날랬기에 망정이지 피멍 들 뻔하였구나

• **두엄** 풀, 짚 또는 가축의 배설물 따위를 썩힌 거름. 여기서는 '거름 더미'를 뜻함.
• **백송골** 흰 송골매. 몸이 크며 성질이 굳세고 날쌔어 사냥하는 데 쓰임.
• **모처라** '마침'의 옛말. 어떤 경우나 기회에 알맞게. 또는 공교롭게.
• **나일망정** 나니까 망정이지.
• **어혈(瘀血)** 타박상 따위로 살 속에 피가 맺힘. 피멍.

두꺼비가 먹잇감인 파리를 물고 거름 더미 위에 위풍당당하게 앉아 있어요. 그런데 건너편 산 위에 뜬 송골매를 보고 그만 가슴이 놀라 급하게 뛰어내리다가 자빠지고 맙니다. 우습지요. 매는 건너편 산에서 맴돌기만 했을 뿐인데 말입니다. 그러나 정작 우스운 일은 그다음에 일어나요. 자신의 행동이 민망했는지 묻지도 않았는데 종장에서는 그럴듯한 변명까지 늘어놓지요. 약자에게는 강한 척하고 강자 앞에서는 한없이 약한 모습을 보이는 두꺼비. 이 사설시조가 지어진 조선 후기를 생각할 때, 두꺼비는 어떤 존재였을까요? 백성을 괴롭혀 자기 배를 불리면서 자신보다 더 권세 있는 자에게는 머리 숙여 아첨하는 탐관오리의 모습이 떠오르지 않나요?

 「두꺼비 파리를 물고」에 나오는 '파리, 두꺼비, 백송골'은 오늘날의 어떤 사람에 빗댈 수 있을까요?

3부

엄마 걱정

귀뚜라미에게 받은 짧은 편지

● 정호승

울지 마
엄마 돌아가신 지
언제인데
너처럼 많이 우는 애는
처음 봤다
해마다 가을날
밤이 깊으면
갈댓잎 사이로 허옇게
보름달 뜨면
내가 대신 이렇게
울고 있잖아

귀뚜라미 우는 소리를 들어 본 적이 있겠지요? 이 시에
서는 가을날 깊은 밤에 귀뚜라미가 울고 있군요. "갈댓
잎 사이로 허옇게/보름달"이 뜬 밤에 귀뚜라미가 울고
있군요. 엄마를 잃고 슬픔에 빠져 우는 아이 대신 울어 주고 있군
요. 가슴 저미면서도 가슴 따뜻해지는 시인데요. 대체 이 시의 화자
는 누구이기에 이렇게 다정한 걸까요? '귀뚜라미에게 받은 짧은 편
지'라는 제목만 보고도 쉽게 알아차렸을 텐데요. 맞습니다. 너무 쉽
죠? 이 시의 화자는 귀뚜라미입니다. 엄마를 잃은 아픔은 아무리
오랜 시간이 지나도 가시지 않을 텐데요. "너처럼 많이 우는 애는/
처음 봤다"며 귀뚜라미가 고맙게도 대신 울어 주고 있습니다.

 「귀뚜라미에게 받은 짧은 편지」는 귀뚜라미가 어느 계절에 보낸 편
지일까요?

엄마 걱정

• 기형도

열무 삼십 단을 이고
시장에 간 우리 엄마
안 오시네, 해는 시든 지 오래
나는 찬밥처럼 방에 담겨
아무리 천천히 숙제를 해도
엄마 안 오시네, 배춧잎 같은 발소리 타박타박
안 들리네, 어둡고 무서워
금 간 창틈으로 고요히 빗소리
빈방에 혼자 엎드려 훌쩍거리던

아주 먼 옛날
지금도 내 눈시울을 뜨겁게 하는
그 시절, 내 유년의 윗목

• **윗목** 온돌방에서 아궁이로부터 먼 쪽의 방바닥. 불길이 잘 닿지 않아 아랫목보다 차가운 쪽임.

여러분도 누군가를 오랫동안 기다리다 지친 경험이 있나요? 걱정으로 잠 못 이루거나, 혼자 무서워 울었거나, 미워서 화까지 나다가도 기다리는 사람이 막상 오면 맘이 탁 놓이고 반가워 안기고 싶지요. 「엄마 걱정」에도 엄마를 애타게 기다리는 아이가 나옵니다. 열무를 팔러 시장에 간 엄마는 '해가 시들어' 어두워진 지 오래되었지만 돌아오는 발걸음 소리는 들리지 않네요. 무슨 일이 있는 걸까요? 시의 화자는 외롭고 무섭기만 해요. 엄마가 얼른 돌아와 빈방에 혼자 엎드려 울고 있는 화자의 어깨를 꼭 안아 주면 좋겠네요.

이 시는 어른이 된 화자가 어린 시절의 경험을 돌아보는 방식을 취하고 있지요. 화자는 나이가 들어 어른이 되었지만, 어린 시절 차디찬 빈방에서 엄마를 기다리던 기억을 떠올리면 눈시울이 뜨거워지곤 합니다.

 누군가를 혼자 애타게 기다려 본 경험을 떠올려 보고, 그때 어떤 심정이었는지 말해 봅시다.

못난 사과

● 조향미

못나고 흠집 난 사과만 두세 광주리 담아 놓고
그 사과만큼이나 못난 아낙네는 난전에 앉아 있다
지나가던 못난 지게꾼은 잠시 머뭇거리다
주머니 속에서 꼬깃꼬깃한 천 원짜리 한 장 꺼낸다
파는 장사치도 팔리는 사과도 사는 손님도
모두 똑같이 못나서 실은 아무도 못나지 않았다

• **난전** 허가 없이 길에 벌여 놓은 가게.

조향미 시인의 「못난 사과」는 "모두 똑같이 못나서 실은 아무도 못나지 않았다"는 역설적 시행이 단연 돋보이는 시인데요. 그렇습니다. 흠집이 있는 사과도, 변변치 않은 사과를 광주리에 담아 놓고 파는 아낙네도, 꼬깃꼬깃한 돈을 꺼내 그런 사과를 사 가는 지게꾼도 전혀 못나 보이지 않습니다. 화려하지는 않지만 소소한 행복을 느끼며 소박하게 살아가는 모습이 마냥 귀하게만 느껴집니다. 성실하게 살아가는 삶의 자세가 마냥 소중하게만 여겨집니다. 우리는 그간 너무 함부로 '잘났다'거나 '못났다'거나 하며 세상의 잣대를 들이대면서 살아온 것은 아닌지 반성을 하게 만드는 시입니다.

 「못난 사과」에는 "지게꾼은 잠시 머뭇거리다/주머니 속에서 꼬깃꼬깃한 천 원짜리 한 장 꺼낸다"는 구절이 있는데요. 이 지게꾼의 생활 형편은 어떠할 것 같나요?

마음의 고향—가지 않은 길

● 이시영

내 생에 그런 기쁜 길이 남아 있을까
중학 1학년,
새벽밥 일찍 먹고 한 손엔 책가방,
한 손엔 영어 단어장 들고
가름젱이 콩밭 사잇길로 사잇길로 시오 리를 가로질러
읍내 중학교 운동장에 도착하면
막 떠오르기 시작한 아침 해에
함뿍 젖은 아랫도리가 모락모락 흰 김을 뿜으며 반짝이던,
간혹 거기까지 잘못 따라온 콩밭 이슬 머금은
작은 청개구리가 영롱한 눈동자를 이리저리 굴리며 팔짝
튀어 달아나던,
내 생에 그런 기쁜 길을 다시 한번 걸을 수 있을까

• **가름젱이** 시인의 고향인 전남 구례군 마산면 광평리에 있는 들.
• **시오 리** 15리(6킬로미터). 10리는 약 4킬로미터.

여러분이 다녀 본 길 중에서 다시 한번 걸어 보고 싶은 길이 있나요? 이 시의 화자 '나'는 어른이 되어서도 중학생 시절에 학교를 오가던 길을 잊지 못합니다. 그 길은 화자에게 어떤 길이었기에 "내 생애 그런 기쁜 길"이라고 표현했을까요?

집에서 학교까지 '시오 리' 길이라면 여러분 걸음으로 한 시간 이상은 족히 걸릴 듯하네요. 화자는 새벽밥 일찍 먹고 나와 아직 아무도 지나가지 않은 길을 따라 학교로 향합니다. 여름철이면 길가의 콩밭 이슬에 아랫도리가 흠뻑 젖기도 하고, 청개구리의 영롱한 눈동자와 마주치던 길이기도 하지요. 한마디로 자연 그대로의 숨결이 살아 있던 곳입니다. 이런 길이 아직 그대로 남아 있을까요? 어린 시절에는 수없이 오갔지만 세월이 한참 흐른 이제는 '마음의 고향'으로만 간직할 수밖에 없나 봅니다.

 내가 아침마다 학교에 가는 길은 어떤 길인가요? 내 생애에서 어떤 길로 남을지 상상해 볼까요?

방을 얻다

• 나희덕

담양이나 창평 어디쯤 방을 얻어
다람쥐처럼 드나들고 싶어서
고즈넉한 마을만 보면 들어가 기웃거렸다.
지실마을 어느 집을 지나다
오래된 한옥 한 채와 새로 지은 별채 사이로
수더분한 꽃들이 피어 있는 마당을 보았다.
나도 모르게 열린 대문 안으로 들어섰는데
아저씨는 숫돌에 낫을 갈고 있었고
아주머니는 밭에서 막 돌아온 듯 머릿수건이 촉촉했다.
—저어, 방을 한 칸 얻었으면 하는데요.
일주일에 두어 번 와 있을 곳이 필요해서요.
내가 조심스럽게 한옥 쪽을 가리키자
아주머니는 빙그레 웃으며 이렇게 대답했다.
—글씨, 아그들도 다 서울로 나가불고
우리는 별채서 지낸께로 안채가 비기는 해라우.
그라제마는 우리 집안의 내력이 짓든 데라서
맴으로는 지금도 쓰고 있단 말이요.
이 말을 듣는 순간 정갈한 마루와

마루 위에 앉아 계신 저녁 햇살이 눈에 들어왔다.
세놓으라는 말도 못 하고 돌아섰지만
그 부부는 알고 있을까.
빈방을 마음으로는 늘 쓰고 있다는 말 속에
내가 이미 세 들어 살기 시작했다는 걸.

어떤 것이든 저마다 가지고 있는 가치나 의미가 다를 텐데요. 빈방도 어떤 이에게는 단순히 비어 있는 방이 아닌가 봅니다. 고즈넉한 마을에 방을 얻어 일주일에 두어 번 쓰고자 하는 이가 있는데요. 마침 마음에 드는 오래된 집을 보게 됩니다. 하지만 주인아주머니는 "우리 집안의 내력이 짓든 데라서/ 맴으로는 지금도 쓰고 있단 말이요" 하고 말합니다. 이 말을 듣는 순간 방을 구하고자 했던 이의 눈에는 '정갈한 마루'와 '저녁 햇살'이 반짝 들어오는데요. 차마 세를 놓으라는 말도 꺼내지 못하고 나오게 됩니다. 하지만 방을 구하려던 이는 "빈방을 마음으로는 늘 쓰고 있다"는 아주머니의 말 속에 "이미 세 들어 살기 시작"합니다.

 「방을 얻다」에 나오는 아주머니가 한 말을 찾아 소리 내어 읽어 보며 구수한 말맛을 느껴 볼까요?

전봇대는 혼자다

● 장철문

말라깽이 전봇대는 꼿꼿이 서서
혼자다

골목 귀퉁이에 서서
혼자다

혼자라서
팔을 길게 늘여
다른 전봇대와 손을 잡았다

팔을 너무 늘여서
줄넘기 줄처럼 가늘어졌다

밤에는 보이지 않아서
서로 여기라고
불을 켠다

---

* 교과서(동아2-1)에서는 발표 당시의 시 「전봇대」(장철문 외 48인 「전봇대는 혼자다」, 사계절 2015)를 저본으로 삼았으나, 이 책에서는 그 후 시인이 제목과 본문 일부를 수정한 「전봇대는 혼자다」(장철문 「자꾸 건드리니까」, 사계절 2017)를 저본으로 삼았다.

서로 맞잡은 손과 손으로
기운이 번져서
사람의 집에도 불이 켜진다

이 시를 읽고 정말 전봇대가 혼자 서 있는지 살펴보았어요. 사람이 사는 곳이라면 어디든지 서 있는 전봇대.

우리가 늘 지나는 길목에서 전봇대의 존재를 알아채고 전봇대의 행렬을 보면서 묵상에 잠기는 일은 참 드물 거예요. 특히 전봇대는 혼자지만 여럿이 함께 손을 잡고 있고, 그 기운이 사람들에게까지 미친다는 것을 발견하는 시인의 눈이 놀랍지요. 일상 속에서 무심히 지나치는 전봇대를 통해 어떤 깨달음을 얻는 순간입니다. 겉으로는 말라깽이 전봇대 하나에 불과하지만, 그들 덕분에 어둠도 거뜬히 몰아내고 가족들이 모여 오순도순 저녁밥도 지어 먹습니다. 읽을수록 따뜻하고 푸근해지는 시네요.

 '전봇대는 혼자다'라는 제목을 통해 시인이 말하고자 하는 것은 무엇일까요?

아름다운 사람

● 나태주

아름다운 사람
눈을 둘 곳이 없다
바라볼 수도 없고
그렇다고 아니 바라볼 수도 없고
그저 눈이
부시기만 한 사람.

참 궁금해요. 시인에게 이렇게 아름다운 사람은 누구일까? 도통 그 사람을 바라볼 수도, 그렇다고 아니 바라볼 수도 없는. 뭐가 아름답다는 것일까요? 아마도 시인이 말한 아름다운 사람은 온통 눈이 부셔 제 마음으로밖에 볼 수 없는 이 같아요.

'풀꽃 시인'으로 불리는 나태주 시인은 마음을 울리는 맑은 시를 많이 썼어요. 어렵고 딱딱하게만 느껴졌던 시를 쉽게 풀어내어 독자들에게 다가갔지요. 「아름다운 사람」이 실린 그의 시집 『꽃을 보듯 너를 본다』(지혜 2015)는 블로그나 트위터에 자주 오르내리는, 독자들이 고른 특별한 시집이라고 시인은 말합니다. 아름다운 사람을 찾는 것, 아름다운 사람이 되는 것. 모두 독자들의 몫이네요.

 나에게 아름다운 사람은 누구인가요? 그 사람의 어떤 면이 아름답게 느껴지는지 써 봅시다.

독(毒)은 아름답다

은행나무 열매에서 구린내가 난다
주의해 주세요 구린내가 향기롭다

밤톨이 여물면서 밤송이가 따가워진다
날카롭게 찌르는 가시가 너그럽다

복어 알을 먹으면 죽는다
복어의 독이 복어의 사랑이다

자식을 낳고 술을 끊은 친구가 있다
친구의 독한 마음이 아름답다

시인의 새로운 시선이 그저 놀라울 뿐인데요. 사람의 입장에서야 은행나무 열매에서 풍기는 냄새는 그저 피하고만 싶은 구린내에 불과하겠지만 구린내 덕에 열매를 지켜 낼 수 있는 은행나무의 입장에서는 그 냄새가 얼마나 향기롭겠는지요. 또한, 밤송이는 맨손으로 만질 수도 없을 만큼 따끔따끔 따가운데요. 그 날카로운 가시 덕분에 밤송이 안의 밤톨은 무사할 수 있으니 그 가시가 어찌 너그러운 존재가 아닐 수 있겠는지요. 마찬가지로 복어가 복어 알을 사랑하는 마음이 없다면 굳이 독을 만들 필요가 없겠지요? 자식을 조금이라도 더 잘 키우기 위해 독하게 마음먹고 술을 끊은 친구 또한 아름다워 보이기만 합니다.

「독은 아름답다」에는 자식을 잘 키우고 싶어서 자식을 낳고 독하게 술을 끊은 친구가 나오는데요. 여러분도 좀 더 나은 모습으로 생활하기 위해 독한 마음을 먹고 줄이거나 하지 않는 것이 있나요?

나룻배와 행인

● 한용운

나는 나룻배
당신은 행인

당신은 흙발로 나를 짓밟습니다
나는 당신을 안고 물을 건너갑니다
나는 당신을 안으면 깊으나 옅으나 급한 여울이나 건너갑
니다

만일 당신이 아니 오시면 나는 바람을 쐬고 눈비를 맞으며
밤에서 낮까지 당신을 기다리고 있습니다
당신은 물만 건너면 나를 돌아보지도 않고 가십니다그려
그러나 당신이 언제든지 오실 줄만은 알아요
나는 당신을 기다리면서 날마다 날마다 낡아 갑니다

나는 나룻배
당신은 행인

• **행인**(行人) 길을 가는 사람.
• **여울** 강이나 바다의 바닥이 얕거나 폭이 좁아 물살이 세게 흐르는 곳.

'나'(나룻배)와 '당신'(행인). 이 시에 등장하는 두 사람의 관계는 어떠한가요? 화자인 '나'는 '당신'을 기다리며 무한한 사랑을 베풉니다. 하지만 '당신'은 '나'에게 아무런 관심이 없지요. 심지어 흙발로 '나'를 짓밟고, 물을 건너기만 하면 돌아보지도 않고 가 버리네요. 그래도 '나'는 '당신'이 언제든 오실 줄 알기 때문에 날마다 눈비를 맞으며 기다립니다.

'당신'은 누구일까요? 그것은 사랑하는 연인일 수도 있고, 조국이나 민족일 수도 있으며, 중생(衆生)이 될 수도 있겠지요. 그런데 여기서 중요한 것은 '당신'을 향한 '나'의 마음과 태도가 어떠하냐는 것이지요. 그것은 한마디로 희생, 헌신, 기다림, 인내 등이 아닐까요.

 「나룻배와 행인」을 읽고 한 편의 모방 시를 써 봅시다.

고향

● 백석

나는 북관에 혼자 앓아누워서
어느 아침 의원을 뵈이었다
의원은 여래 같은 상을 하고 관공의 수염을 드리워서
먼 옛적 어느 나라 신선 같은데
새끼손톱 길게 돋은 손을 내어
묵묵하니 한참 맥을 짚더니
문득 물어 고향이 어데냐 한다
평안도 정주라는 곳이라 한즉
그러면 아무개 씨 고향이란다
그러면 아무개 씰 아느냐 한즉
의원은 빙긋이 웃음을 띠고
막역지간이라며 수염을 쓴다.
나는 아버지로 섬기는 이라 한즉
의원은 또다시 넌즈시 웃고
말없이 팔을 잡아 맥을 보는데

• **북관**(北關) '함경도'의 다른 이름.
• **여래**(如來) '부처'를 달리 이르는 말.
• **관공**(關公) 중국 촉나라 장수 '관우(關羽)'를 높여 부르는 말.
• **막역지간**(莫逆之間) 서로 거스르지 않는 사이라는 뜻으로, 허물이 없는 친한 사이를 이르는 말.

손길은 따스하고 부드러워
고향도 아버지도 아버지의 친구도 다 있었다

지금은 고향을 묻는 일이 드물었지만 예전엔 그렇지 않았었지요. 몸이 아파 혼자 앓던 화자는 어느 아침에 의원을 찾아갑니다. 의원은 "먼 옛적 어느 나라 신선"같이 생겼군요. 한참 맥을 짚던 의원은 문득 고향이 어디냐고 묻습니다. 평안도 정주라는 곳이라 하니 '아무개 씨 고향'이라고 합니다. 그 아무개 씨는 의원과는 허물없이 지내는 사이이고, 화자에게는 "아버지로 섬기는 이"입니다. 고향의 '아무개 씨' 얘기를 통해 의원과 화자는 좀 더 친밀해지는 느낌인데요. 화자는 이미 고향 생각에 젖어 든 것일까요. 말없이 맥을 보는 의원의 따스하고 부드러운 손길 속에 "고향도 아버지도 아버지의 친구도 다 있었다"고 합니다.

 「고향」에는 의원과 화자가 제법 가까워진 느낌이 있는데요. 의원과 화자가 친밀감을 느끼게 하는 계기가 되는 인물은 누구일까요?

별 헤는 밤

● 윤동주

계절이 지나가는 하늘에는
가을로 가득 차 있습니다.

나는 아무 걱정도 없이
가을 속의 별들을 다 헤일 듯합니다.

가슴속에 하나 둘 새겨지는 별을
이제 다 못 헤는 것은
쉬이 아침이 오는 까닭이요,
내일 밤이 남은 까닭이요,
아직 나의 청춘이 다하지 않은 까닭입니다.

별 하나에 추억과
별 하나에 사랑과
별 하나에 쓸쓸함과
별 하나에 동경과
별 하나에 시와

• **헤는** 사물의 수효를 헤아리거나 꼽는. '헤다'는 '세다'의 사투리.

별 하나에 어머니, 어머니,

어머님, 나는 별 하나에 아름다운 말 한마디씩 불러 봅니
다. 소학교 때 책상을 같이했던 아이들의 이름과, 패(佩), 경
(鏡), 옥(玉) 이런 이국 소녀들의 이름과, 벌써 애기 어머니가
된 계집애들의 이름과, 가난한 이웃 사람들의 이름과, 비둘
기, 강아지, 토끼, 노새, 노루, 프랑시스 잠, 라이너 마리아
릴케, 이런 시인의 이름을 불러 봅니다.

이네들은 너무나 멀리 있습니다.
별이 아슬히 멀듯이,

어머님,
그리고 당신은 멀리 북간도에 계십니다.

나는 무엇인지 그리워서

• **북간도** 일제 강점기에 한국인이 거주하던 중국 만주의 지린성 일대를 말함. 남쪽은 두만강을 사
이에 두고 북한과 접하고 동쪽은 러시아의 연해주에 접함. 일제에 항거하는 많은 한국인이 이
지역으로 이주하여 항일 독립운동의 거점이 됨.

이 많은 별빛이 내린 언덕 위에
내 이름자를 써 보고,
흙으로 덮어 버리었습니다.

딴은 밤을 새워 우는 벌레는
부끄러운 이름을 슬퍼하는 까닭입니다.

그러나 겨울이 지나고 나의 별에도 봄이 오면
무덤 위에 파란 잔디가 피어나듯이
내 이름자 묻힌 언덕 위에도
자랑처럼 풀이 무성할 게외다.

윤동주 시인은 일제 강점기 만주 북간도에서 태어나 1942년 일본으로 유학한 후, 독립운동 혐의로 일본 경찰에게 붙잡혀 해방을 여섯 달 앞둔 무렵 옥사했습니다. 그가 생전에 써 둔 원고가 『하늘과 바람과 별과 시』라는 시집으로 간행되면서 그의 시와 삶이 세상에 알려지게 되지요.

시인은 별을 헤아리며 어린 시절 친구들과 가난한 이웃들, 외국 시인들의 이름을 하나하나 불러 보고 있네요. 타향에 있는 외로운 시인에게 별은 추억을 떠올리게 하고 그리운 어머니를 연결해 주는 매개체이지요. 시인은 왠지 암울하고 기분이 가라앉아 있어요. 하지만 겨울이 지나고 자신의 별에도 봄이 올 것이라 믿어 의심치 않습니다. 봄이 오면 부끄러운 자신의 이름자 묻힌 언덕 위에도 자랑처럼 풀이 무성할 거라고 확신하고 있어요.

밤하늘의 별을 헤아리며, 여러분이 소망하는 것이나 추억할 만한 것을 「별 헤는 밤」 4연처럼 적어 보세요.

별 하나에 (　　)과/와
별 하나에 (　　)과/와
별 하나에 (　　)과/와
별 하나에 (　　)과/와
별 하나에 (　　)과/와
별 하나에 (　　), (　　),

까마귀 검다 하고

● 이직

까마귀 검다 하고 백로야 웃지 마라
겉이 검은들 속조차 검을쏘냐
겉 희고 속 검을손 너뿐인가 하노라.

• **검을쏘냐** 검을 리가 있느냐.
• **검을손** 검은 것은.

겉은 한없이 깨끗해 보이는데 속은 전혀 그렇지 못한 사람이 있습니다. 그런 사람과는 잠시 같이 있는 것만으로도 힘들게 느껴질 때가 있는데요. 이직의 「까마귀 검다 하고」는 겉과 속이 다른 이를 비판하고 있습니다. 작가는 백로에게 감히 "웃지 마라" 말하고 있는데요. '겉이 검다고 해서 속조차 검을 리가 있느냐'고 반문하면서 "겉 희고 속 검은손 너뿐인가 하노라" 말하고 있습니다. 이 시조는 조선의 개국 공신인 이직이 역사적 대의를 외면하는 고려 충신들을 비판코자 지었다 하는데요. 고려 왕조를 지키고자 하는 이들에게서 변절자로 몰리게 된 이직의 처지를 떠올려 보면서 이 시조를 읽으면 더욱 좋겠습니다.

「까마귀 검다 하고」에서 '겉으로 드러나는 말이나 행동이 속과 다르다(겉으로는 충신인 척하지만 알고 보면 그렇지 않다).'는 것을 말하고 있는 시행에 밑줄을 그어 볼까요?

4부

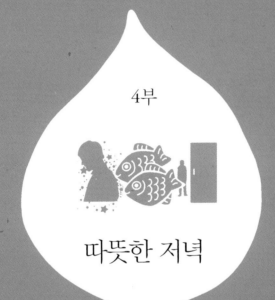

따뜻한 저녁

세상에서 가장 따뜻했던 저녁

● 복효근

어둠이 한기처럼 스며들고
배 속에 붕어새끼 두어 마리 요동을 칠 때

학교 앞 버스 정류장을 지나는데
먼저 와 기다리던 선재가
내가 멘 책가방 지퍼가 열렸다며 닫아 주었다.

아무도 없는 집 썰렁한 내 방까지
붕어빵 냄새가 따라왔다.

학교에서 받은 우유 꺼내려 가방을 여는데
아직 온기가 식지 않은 종이봉투에
붕어가 다섯 마리

내 열여섯 세상에
가장 따뜻했던 저녁

여러분에게 가장 따뜻했던 저녁은 언제였나요? 제목을 보면서 가족이 옹기종기 모인 오붓한 저녁 시간일 거라고 짐작했는데, '선재'라는 열여섯 살 친구 이야기네요. 어둡고, 배고프고, 아무도 없는 썰렁한 집에서 온기가 식지 않은 붕어빵을 가방에서 발견한 '나'는 얼마나 행복했을까요? 붕어빵 몇 개가 화자의 허기를 잠재울 수는 없겠지만, 친구가 보낸 그 마음의 온기는 허기를 버틸 수 있는 충분한 힘이 될 수 있을 것 같아요. 외롭고 쓸쓸했던 저녁이 '가장 따뜻했던 저녁'으로 변하는 순간, 선재의 따뜻한 붕어빵을 우리도 하나씩 얻어먹은 기분이 들어요.

아~! 선재 같은 친구 하나 있으면 얼마나 좋을까요.

 나에게 가장 따뜻했던 저녁은 언제였나요? 그때를 회상하며 왜 따뜻했는지 적어 보아요.

성탄제

●김종길

어두운 방 안엔
바알간 숯불이 피고,

외로이 늙으신 할머니가
애처로이 잦아드는 어린 목숨을 지키고 계시었다.

이윽고 눈 속을
아버지가 약을 가지고 돌아오시었다.

아 아버지가 눈을 헤치고 따 오신
그 붉은 산수유 열매—

나는 한 마리 어린 짐생,
젊은 아버지의 서느런 옷자락에
열(熱)로 상기한 볼을 말없이 부비는 것이었다.

• **성탄제(聖誕祭)** 성탄절. 크리스마스.

이따금 뒷문을 눈이 치고 있었다.
그날 밤이 어쩌면 성탄제의 밤이었을지도 모른다.

어느새 나도
그때의 아버지만큼 나이를 먹었다.

옛것이란 거의 찾아볼 길 없는
성탄제 가까운 도시에는
이제 반가운 그 옛날의 것이 내리는데,

서러운 서른 살 나의 이마에
불현듯 아버지의 서느런 옷자락을 느끼는 것은,

눈 속에 따 오신 산수유 붉은 알알이
아직도 내 혈액 속에 녹아 흐르는 까닭일까.

• **뒷문을 눈이 치고** 뒷문에 눈이 들이치고.

성탄절이 가까워 오는 도시에 눈이 내리고 있습니다. 어느덧 유년 시절의 아버지만큼 나이를 먹은 화자는 성탄절 무렵의 유년 시절을 돌이켜 보고 있는데요. 어두운 방 안에는 "바알간 숯불"이 피워져 있고, 늙으신 할머니가 "어린 목숨"을 지키고 있습니다. 아버지는 눈을 헤치고 "그 붉은 산수유 열매"를 따 오시는데요. 어린 나는 "젊은 아버지의 서느런 옷자락에/열(熱)로 상기한 볼을 말없이" 부빕니다. 뒷문으로 눈이 들이치던 그날 밤이 성탄절의 밤이었을지도 모르는데요. 만일 그날, 아버지가 산수유 열매를 구해 오지 않았다면 어린 나는 어떻게 되었을까요? 아버지의 사랑에 대해서 다시 한번 생각해 보게 하는 시입니다.

지금까지 살아오면서 한 번 정도는 몸이 아프기도 했을 텐데요. 내가 아팠을 때 가족이나 친구가 어떻게 대해 줬는지 따뜻한 손길을 느꼈던 기억을 떠올려 보면서 3~4줄 정도로 써 볼까요?

별

● 정진규

별들의 바탕은 어둠이 마땅하다
대낮에는 보이지 않는다
지금 대낮인 사람들은
별들이 보이지 않는다
지금 어둠인 사람들에게만
별들이 보인다
지금 어둠인 사람들만
별들을 낳을 수 있다

지금 대낮인 사람들은 어둡다

요즈음 들어 별을 바라본 적이 있나요? 가끔은 밤하늘의 별도 올려다보면서 사는 삶을 살면 좋을 텐데요. 별은 어느 때고 떠 있지만, 어둠이 깔리는 저녁에 닿아서야 드러나는 존재이지요. 내가 기꺼이 어두운 곳에 들어 어둠과 섞여 있어 봐야 비로소 낮고 환하게 반짝반짝 바짝바짝 눈에 들어오는 존재, 별. 그래서 시인은 "지금 어둠인 사람들에게만/별들이 보인다"고 했을까요? 자신의 행복에 겨워 오로지 '대낮'에만 자신을 두려고 하는 사람은 다른 이의 아픔이나 슬픔 같은 것을 결코 보지 못할 텐데요. 이 세상 어둠과 함께하는 사람이 되어 진정한 행복도 진정한 빛과 희망도 보게 되면 좋겠습니다.

 「별」에서 "어둠인 사람들"과 대조되는 2어절의 시어를 찾아볼까요?

배꼽을 위한 연가 5

• 김승희

인당수에 빠질 수는 없습니다
어머니,
저는 살아서 시를 짓겠습니다

공양미 삼백 석을 구하지 못하여
당신이 평생을 어둡더라도
결코 인당수에 빠지지는 않겠습니다
어머니,
저는 여기 남아 책을 보겠습니다

나비여,
나비여,
애벌레가 나비로 날기 위하여
누에고치를 버리는 것이
죄입니까?
하나의 알이 새가 되기 위하여
껍질을 부수는 것이
죄일까요?

그 대신 점자책을 사 드리겠습니다
어머니,
점자 읽는 법도 가르쳐 드리지요

우리의 삶은 모두 이와 같습니다
우리들 각자가 배우지 않으면 안 되는
외국어와 같은 것—
어디에도 인당수는 없습니다
어머니,
우리는 스스로 눈을 떠야 합니다

심청은 효를 대표하는 여인이지요.「배꼽을 위한 연가 5」는 그런 심청에게 정면으로 반기를 든 시입니다. 어머니를 위해 인당수에 몸을 던지지 않겠다는 '나'의 충격적인 발언이 다소 놀랍지만, 본심을 솔직하고 진지하게 드러낸 것 같아 한편으로 시원하고 통쾌합니다. 어쩌면 시 속의 '어머니'도 화자의 이런 솔직한 목소리를 진정 원했던 것은 아닐까요?

나비와 새가 날기 위해 누에고치와 알을 깨고 나오는 것, 화자가 자신이 추구하는 삶을 위해 인당수에 빠지지 않겠다고 선언하는 것, 어머니가 스스로 점자책을 읽기 위해 용기를 내는 것은 결국 같은 이치네요. 어디에도 없는 인당수에 몸을 던지지 말고 현실을 똑바로 직시하라는 화자의 매서운 목소리에 소름이 돋습니다. 혹시 우리는 나 스스로도 눈을 뜨지 못하면서, 다른 사람의 눈을 뜨게 한다는 어리석음에 빠져 있는 것은 아닌지, 등짝에 누에고치와 껍질을 여전히 짊어지고 살아가는 것은 아닌지 깊이 생각해 볼 일입니다.

「배꼽을 위한 연가 5」에서 우리의 삶을 "우리들 각자가 배우지 않으면 안 되는/외국어와 같은 것"이라고 표현한 이유는 무엇일까요?

미니 시리즈

● 오은

느닷없이 접촉사고
느닷없이 삼각관계
느닷없이 시기질투
느닷없이 풍전등화
느닷없이 수호천사
느닷없이 재벌 2세
느닷없이 신데렐라
느닷없이 승승장구
느닷없이 이복형제
느닷없이 행방불명
느닷없이 폐암진단
느닷없이 양심고백
느닷없이 눈물바다
느닷없이 무사귀환
느닷없이 갈등해소
느닷없이 해피엔딩

16부작이 끝났습니다

꿈 깰 시간입니다

미니 시리즈는 짧은 횟수로 이루어지는 텔레비전 드라마로, 단막극이나 오랜 기간에 걸쳐 방영하는 연속극의 중간쯤 될 텐데요. 오은 시인의 「미니 시리즈」를 읽고 나니 마치 16부작으로 이루어진 미니 시리즈 전체를 순식간에 다 본 것 같은 느낌이 듭니다. 시인은 어떻게 16부작이 되는 내용을 이렇듯 간결하게 요약하여 보여 줄 수 있는 걸까요. 미니 시리즈를 좀 본 적이 있는 사람이라면, 시를 읽으면서 반전이 일어나던 텔레비전 속 장면을 떠올려 보기도 했을 텐데요. 그 장면 중에는 분명 1연 1행의 '접촉사고'에서부터 16행의 '해피엔딩'에 이르는 장면과 겹치는 부분이 있었을 것입니다. 자, 그럼 이제 "꿈 깰 시간"인가요.

 나도 「미니 시리즈」의 주인공이 되어 볼까요. 내가 만일 '느닷없이 수호천사'가 된다면 가장 먼저 어떤 일을 하고 싶은가요?

모진 소리

● 황인숙

모진 소리를 들으면
내 입에서 나온 소리가 아니더라도
내 귀를 겨냥한 소리가 아니더라도
모진 소리를 들으면
가슴이 쩌엉한다
온몸이 쿡쿡 아파 온다
누군가의 온몸을
가슴속부터 쩡 금 가게 했을
모진 소리

나와 헤어져
덜컹거리는 지하철에서
고개를 수그리고
내 모진 소리를 자꾸 생각했을
내 모진 소리에 무수히 정 맞았을
누군가를 생각하면
모진 소리,

• **정** 돌을 쪼아서 다듬는, 쇠로 만든 연장.

늑골에 정을 친다
쩌어엉 세상에 금이 간다.

「모진 소리」는 쉽게 읽히는 시인데, 쩡하고 가슴에 금 가는 소리가 오래도록 남아 있네요. 온몸이 아픈 것처럼 멍하기도 하고요. 시인의 말이 고스란히 내 가슴에 남아 꼼짝달싹 못 하게 하네요. 세상에 태어나 모진 소리 한 번 듣지 않고, 또 모진 소리 한 번 해 본 적 없는 사람이 있을까요. 화자인 '나'도 자신이 한 모진 소리에 고개를 수그린 누군가를 생각하면서 마음이 무겁고 아픈가 봅니다. 모진 소리에 금이 간 상처가 어떤 것인지 잘 알 거예요. 다른 사람의 가슴에 정을 치는 말보다 살맛 나게 하는 말, 새살 돋듯 힘 나는 말, 따뜻하고 용기를 주는 말이 이 세상 곳곳에 울려 퍼졌으면 좋겠어요.

누군가에게 한 번이라도 모진 소리를 한 적이 있을 거예요. 그 사람을 생각하며 위로의 편지를 써 봅시다.

자동문 앞에서

• 유하

이제 어디를 가나 아리바바의 참깨
주문 없이도 저절로 열리는
자동문 세상이다
언제나 문 앞에 서기만 하면
어디선가 전자 감응 장치의 음흉한 혀끝이
날름날름 우리의 몸을 핥는다 순간
스르르 문이 열리고 스르르 우리들은 들어간다
스르르 열리고 스르르 들어가고
스르르 열리고 스르르 나오고
그때마다 우리의 손은 조금씩 퇴화되어 간다
하늘을 멀뚱멀뚱 쳐다만 봐야 하는
날개 없는 키위새
머지않아 우리들은 두 손을 잃고 말 것이다
정작, 두 손으로 힘겹게 열어야 하는
그,
어떤,
문 앞에서는,

• **키위새** 날개와 꼬리가 퇴화되어 날지 못하는 새.

키위키위 울고만 있을 것이다

하루가 다르게 빠른 속도로 변화하고 발전하는 현대 문명으로 인해 사람이 하던 일을 최첨단 장비가 대신하는 시대인데요. 시인은 자동으로 열리고 닫히는 자동문을 보면서 비판 없이 수용되는 현대 문명을 경계하고 있습니다. 우리가 따로 손을 쓰지 않아도 되는 자동문을 통과할 때마다 "우리의 손은 조금씩 퇴화되어 간다"고 시인은 말하고 있는데요. 날개와 꼬리가 퇴화하여 날지 못하고 "하늘을 멀뚱멀뚱 쳐다만 봐야 하는" 키위새를 보여 주면서 "머지않아 우리들은 두 손을 잃고 말 것"이라는 경고도 하고 있습니다. 생각만으로도 끔찍한데요. 시인의 말에 귀를 기울여 봐야 할 것 같습니다.

 시적 대상을 다른 비슷한 현상이나 사물에 빗대어서 표현하는 것을 '비유'라고 하는데요. 「자동문 앞에서」를 다시 한 번 읽어 보면서 '두 손을 잃고 말 현대인의 모습'을 비유적으로 표현하고 있는 3어절의 시구를 찾아 써 보세요.

먼 후일

● 김소월

먼 훗날 당신이 찾으시면
그때에 내 말이 '잊었노라'

당신이 속으로 나무라면
'무척 그리다가 잊었노라'

그래도 당신이 나무라면
'믿기지 않아서 잊었노라'

오늘도 어제도 아니 잊고
먼 훗날 그때에 '잊었노라'

속마음은 그렇지 않은데, 본심을 숨기고 반대로 말하는 시를 앞에서 읽었지요? 맞아요.「진달래꽃」이에요.

「먼 후일」과「진달래꽃」은 모두 반어적 표현으로 화자의 감정을 표현했어요. 화자는 누군가를 사랑하지만 헤어져 떠나보낼 수밖에 없는 처지에 놓인 모양이에요. 헤어짐은 그리움을 낳지만 시간이 오래 흐르면 그 사람을 차츰 잊게 되지요. 이 시는 각 연마다 "잊었노라"는 말을 반복하면서 잊었다는 것을 단단히 강조하네요. 그런데 정말 잊은 걸까요? 잊었다는 말을 되풀이할수록 화자의 기다림과 당신에 대한 그리움이 더 절절하게 느껴지는 것은 어인 일일까요. 사실 '당신'을 잊는 것은 제목처럼 '먼 후일'에 일어날 일이지요. 먼 후일에 잊었노라는 말은 언제일지 모를 '먼 훗날'까지 당신을 결코 잊지 못한다는 뜨거운 사랑의 고백이겠지요.

'반어(反語)'란 실제 의도를 감춘 채 그 의도와 반대되는 뜻의 말을 하는 표현 방법입니다. 말하고자 하는 것을 실제와 반대로 이야기하며 나의 의도를 더 강조했던 경험을 떠올려 보고 짧게 적어 봅시다.

북어

● 배우식

사람한테 잡혀가도 입을 크게 벌리고만 있으면 산다고 아버지한테 귀 닳도록 들었습니다 사람한테 잡혀가도 눈을 크게 부라리고만 있으면 사람들이 겁먹고 도망간다고, 눈을 똑바로 뜨고만 있으면 사람들이 무서워서 벌벌 떨며 도망간다고 아버지한테 귀 빠지게 들었습니다 잘 보이지는 않지만, 눈 하나 깜빡대지 않고 크게 뜨고 있는 내가 무섭지요 벌벌 떨리지요?

말린 명태를 북어라고 하는데요. 입을 크게 벌린 채 바짝 말라 있는 북어를 어시장이나 시장 골목에서 어렵지 않게 만나곤 했을 텐데요. 어때요. 이런 북어가 무섭나요? 배우식 시인의 「북어」에서는 화자가 북어인데요. 사람한테 잡히더라도 "입을 크게 벌리고만 있으면 산다고 아버지한테 귀 닳도록" 들었다고 합니다. "눈을 똑바로 뜨고만 있으면 사람들이 무서워서 벌벌 떨며 도망간다고 아버지한테 귀 빠지게" 들었다고도 하면서 말이지요. 한데, 어떻습니까. 이미 잡혀 와 말려진 북어가 두려운 존재로 보이나요? 보기만 해도 벌벌 떨리나요? 좀 우스워 보이긴 해도 어쨌든 "눈 하나 깜빡대지 않고 크게 뜨고 있는" 북어입니다.

 「북어」에 나오는 북어에게 한마디 해 준다면 무슨 말을 해 주고 싶은가요?

코뿔소

● 최승호

그렇소
나는 코뿔소
코에 뿔이 났소
창 같지 않소
멋지지 않소
그렇소
나는 코뿔소
내 가죽은 갑옷처럼 튼튼하오
무장한 무사 같지 않소
무섭지 않소
얼른 길을 비키시오

"얼른 비키시오. 코뿔소의 저 무서운 기세 모르겠소?
얼른 비키지 않으면 창같이 날카로운 뿔에 앞가슴이라
도 곧 찔릴 듯하오."

「코뿔소」는 '-소'를 반복적으로 행의 끝에 배열하여 경쾌한 리듬
감을 주면서 말장난하듯 재밌게 쓴 말놀이 동시입니다. 코뿔소는
오늘날 지구 생태계에서 사라져 가는 동물 중의 하나예요. 진화하
지 못해 사라져 가는 동물이 아니라 뿔과 가죽을 얻으려는 인간들
의 무분별한 살육으로 사라져 가는 멸종 위기의 동물이라고 하니
참 마음이 아프네요.

 「코뿔소」에 화답하는 4행시를 짓되, 행의 끝에 '-소'를 넣어 운율감
을 살려 보세요.

감장새 작다 하고

● 이택

감장새 작다 하고 대붕아 웃지 마라
구만리장천을 너도 날고 저도 난다
두어라 일반 비조니 너나 그냐 다르랴

현대어 풀이

감장새가 작다고 대붕아 비웃지 마라
구만리 넓은 하늘을 너도 날고 감장새도 난다
날아다니는 새이기는 마찬가지니 너나 그냐 무엇이 다르
랴

- **감장새** 몸집이 작고 거무튀튀한 새. 굴뚝새. 먹새.
- **대붕(大鵬)** 붕새. 매우 크고 단숨에 구만 리(里)를 난다는 상상의 새.
- **구만리장천(九萬里長天)** 넓고 높은 하늘.
- **두어라** 옛 시가에서, 어떤 일이 필요하지 아니하거나 스스로의 마음을 달랠 때 영탄조로 하는
  말.
- **일반 비조(一般飛鳥)** 다 같은 날짐승. 하늘을 나는 새이기는 마찬가지.

감장새는 굴뚝새를 말하는데 몸집이 작은 새입니다. 대붕은 붕새라고도 하는데 매우 큰 상상 속의 새이고요.

이 두 새는 분명 겉으로는 달라 보일 텐데요. 그럼에도 하늘을 날아다닌다는 점에서 본다면 별반 다를 게 없어 보입니다. 그러니 감장새가 작다고 해서 대붕이 비웃으면 안 되겠지요. 이 시조를 지은 이택은 아마도 이 점을 말하고 싶었을 것 같은데요. 마찬가지로 같은 사람끼리, 가진 게 좀 있다고 해서 많이 갖지 못한 사람을 얕보면 안 되겠지요. 아참, 이택은 조선 후기의 무신인데요. 당시 문신을 높이 평가하려는 세태를 꼬집으며 무신이나 문신이나 다를 게 없다는 것을 말하고 싶었는지도 모르겠습니다.

「감장새 작다 하고」에서 "너나 그냐 다르랴"라는 구절이 있는데요. 여기에서 '너'는 어떤 새이고, '그'는 어떤 새일까요?

너: (   )

그: (   )

120

까마귀 싸우는 골에

● 정몽주의 어머니

까마귀 싸우는 골에 백로야 가지 마라
성난 까마귀 흰빛을 시샘하니
청강에 맑게 씻은 몸 더럽힐까 하노라

• **청강(淸江)** 맑고 푸른 강.

이 시조는 정몽주의 어머니인 영천 이씨가 지은 것으로 알려져 있어요. 정몽주는 고려를 끝까지 지키려 했던 고려 말의 충신이지요. 고려 공양왕 때 이성계 일파의 세력이 날로 커지면서 그의 아들 이방원의 지지 세력에 의해 선죽교에서 죽임을 당하지요. 이 시조는 정몽주의 어머니가 쓰러져 가는 고려의 운명을 되돌리려고 애쓰는 아들을 위해 지은 것인데, 이방원이 잔치를 베풀고 정몽주를 초대했을 때 아들에게 지어 주었다고 전합니다. 새로운 세력이 나타나고 그 세력을 좇는 변절자들이 권력을 쥐는 세상에서, 아들이 세속의 명예와 잇속을 챙기며 구차하게 살기보다 곧은 지조와 절개를 지니기를 바라는 어머니의 기개에 고개가 절로 숙여지네요.

고려 말의 정치적 상황을 고려할 때, 「까마귀 싸우는 골에」에 나오는 '까마귀'와 '백로'는 누구를 상징하는지 적어 봅시다.

시인 소개 ~~~~~~~~~~~~~~~~~~~~~~~~~~~~~~~~~~~~~~~

강정안 1930~ 동요시인. 경기도 장단에서 태어남. 동국대학교 정치학과 졸업. 1952
년부터 『조선일보』 『서울신문』 등에 작품을 발표함. 동요집 『샘물』이 있음.

경종호 1968~ 시인. 2005년 전북일보 신춘문예에 시가 당선되고, 2014년 『동시마
중』에 동시를 발표하며 작품 활동을 시작함. 동시집 『천재 시인의 한글 연구』가 있음.

기형도 1960~1989 시인. 경기 연평도에서 태어남. 연세대학교 정치외교학과 졸업.
1985년 동아일보 신춘문예에 시가 당선되어 등단함. 서울 종로의 한 극장에서 뇌졸
중으로 요절함. 죽은 뒤에 시집 『입 속의 검은 잎』이 나왔고, 시와 산문을 모두 엮은
『기형도 전집』이 간행됨.

김소월 1902~1934 시인. 본명은 정식(廷湜). 평안북도 구성에서 태어남. 오산학교와
배재고보 졸업. 오산학교 교사였던 김억의 지도와 영향으로 시를 쓰기 시작해 1920
년 『창조』에 시를 발표하며 문학 활동을 시작함. 시집 『진달래꽃』을 펴냄.

김승희 1952~ 시인. 전남 광주에서 태어남. 서강대학교 영문학과와 같은 학교 대학
원 국문학과 졸업. 1973년 경향신문 신춘문예에 시가, 1994년 동아일보 신춘문예에
소설이 당선되어 등단함. 시집 『태양미사』 『왼손을 위한 협주곡』 『미완성을 위한 연
가』 『달걀 속의 생』 『빗자루를 타고 달리는 웃음』 『냄비는 둥둥』, 소설집 『산타페로
가는 사람』 등이 있음.

김종길 1926~2017 시인. 비평가, 영문학자. 경북 안동에서 태어남. 고려대학교 영문
학과를 졸업하고 같은 학교 교수를 지냄. 1947년 경향신문 신춘문예로 등단함. 시집
『성탄제』 『하회에서』 『달맞이꽃』 『해가 많이 짧아졌다』 『해거름 이삭줍기』 등이
있음.

나태주 1945~ 시인. 충남 서천에서 태어남. 공주사범학교를 졸업하고 교사로 일함.
1971년 서울신문 신춘문예 시가 당선되어 등단함. 시집 『대숲 아래서』 『누님의 가
을』 『막동리 소묘』 『변방』 『굴뚝각시』 『슬픔에 손목 잡혀』 『이야기가 있는 시집』 등
이 있음.

나희덕 1966~ 시인. 충남 논산에서 태어남. 연세대학교 국문학과 졸업. 1989년 중앙일보 신춘문예에 시가 당선되어 등단함. 시집으로『뿌리에게』『그 말이 잎을 물들였다』『그곳이 멀지 않다』『어두워진다는 것』『사라진 손바닥』『야생사과』『말들이 돌아오는 시간』『파일명 서정시』등이 있음.

문삼석 1941~ 시인. 전남 구례에서 태어남. 광주사범학교를 졸업하고 교사로 일함. 1963년 조선일보 신춘문예에 동시가 당선되어 등단함. 동시집『산골 물』『가을 엽서』『이슬』『별』『빗방울은 즐겁다』『아가야 아가야』『바람과 빈 병』『우산 속』『도토리 모자』등이 있음.

배우식 1952~ 시인. 충남 천안에서 태어남. 중앙대학교 예술대학원 문학예술학과 석사 과정 및 같은 학교 일반대학원 문예창작학과 박사 과정을 수료함. 2009년 조선일보 신춘문예를 통해 등단함. 시집『그의 몸에 환하게 불을 켜고 싶다』, 시조집『인삼반가사유상』등이 있음

백석 1912~1995 시인. 본명은 백기행. 평안북도 정주에서 태어남. 일본 아오야마(靑山) 학원 영문과를 졸업하고 조선일보 기자와 함흥 영생여고 영어 교사를 지냄. 1935년 조선일보에 시를 발표하며 작품 활동을 시작함. 시집『사슴』, 동화시집『집게네 네 형제』가 있음.

복효근 1962~ 시인. 전남 남원에서 태어남. 전북대학교 국어교육과 졸업하고 교사로 일함. 1991년『시와 시학』에 시를 발표하며 작품 활동을 시작함. 시집『당신이 슬플 때 나는 사랑한다』『버마재비 사랑』『새에 대한 반성문』『누우 떼가 강을 건너는 법』『목련꽃 브라자』『마늘 촛불』『따뜻한 외면』, 청소년시집『운동장 편지』등이 있음.

서정홍 1958~ 시인. 경남 마산에서 태어남. 1990년 마창노련 문학상, 1992년 전태일 문학상을 받으며 작품 활동을 시작함. 시집『58년 개띠』『아내에게 미안하다』『내가 가장 착해질 때』『못난 꿈이 한데 모여』, 청소년시집『감자가 맛있는 까닭』, 동시집『윗몸일으키기』『우리 집 밥상』『닳지 않는 손』『주인공이 무어, 따로 있나』등이 있음.

안도현 1961~ 시인. 경북 예천에서 태어남. 원광대학교 국문학과 졸업. 1984년 동아일보 신춘문예에 시가 당선되어 등단함. 시집『서울로 가는 전봉준』『모닥불』『외

롭고 높고 쓸쓸한』『그리운 여우』『아무것도 아닌 것에 대하여』『간절하게 참 철없이』『북항』 등이 있으며, 동시집 『나무 잎사귀 뒤쪽 마을』『냠냠』『기러기는 차갑다』 등을 펴냄.

오은 1982~ 시인. 전북 정읍에서 태어남. 서울대학교 사회학과를 졸업하고 카이스트 문화기술대학원에서 석사 학위를 받음. 2002년 『현대시』를 통해 등단함. 시집 『호텔 타셀의 돼지들』『우리는 분위기를 사랑해』『유에서 유』 등이 있음.

유하 1963~ 시인. 전북 고창에서 태어남. 세종대학교 영문학과 및 동국대학교 대학원 연극영화과 졸업. 1988년 『문예중앙』을 통해 등단함. 시집 『무림일기』『바람 부는 날에는 압구정동에 가야 한다』『세상의 모든 저녁』『세운상가 키드의 사랑』『나의 사랑은 나비처럼 가벼웠다』『천일마화』 등이 있음.

윤동주 1917~1945 시인. 북간도 명동에서 태어남. 연희전문학교 문과를 졸업하고, 일본 도시샤(同志社) 대학 영문학과 재학 중 항일운동을 했다는 혐의로 체포되어 후쿠오카(福岡) 형무소에서 복역하다가 1945년 2월 옥사함. 해방 후 유고 시집 『하늘과 바람과 별과 시』가 간행됨.

이면우 1951~ 시인. 대전에서 태어남. 보일러공으로 일하며 시를 써 옴. 시집 『저 석양』『아무도 울지 않는 밤은 없다』 등이 있음.

이시영 1949~ 시인. 전남 구례에서 태어남. 서라벌예술대학 문예창작과 졸업. 1969년 중앙일보 신춘문예로 등단함. 시집 『만월』『바람 속으로』『무늬』『사이』『은빛 호각』『경찰은 그들을 사람으로 보지 않았다』『호야네 말』『하동』 등이 있음.

이재무 1958~ 시인. 충남 부여에서 태어남. 동국대학교 대학원 국문학과 수료. 1983년 『삶의 문학』에 시를 발표하며 작품 활동을 시작함. 시집 『섣달 그믐』『온다던 사람 오지 않고』『벌초』『몸에 피는 꽃』『시간의 그물』『위대한 식사』『푸른 고집』『저녁 6시』 등이 있음.

이직 1362~1431 고려 말에서 조선 초기의 문신. 호는 형재(亨齋). 조선 건국을 돕고 초창기의 기초를 다진 공을 세워 영의정까지 오름. 『가곡원류』에 시조 한 편이 전하며, 문집 『형재 시집』이 있음.

이택 1509~1573 조선 명종 때의 문신. 예조 참판을 지냈고, 청렴하고 검소하게 생활

함. 시문에 능했음.

이형기 1933~2005 시인. 경남 진주에서 태어남. 동국대학교 불교학과 졸업. 1949년
『문예』에 시가 추천되어 등단함. 시집『적막강산』『돌베개의 시』『꿈꾸는 한발』『절
벽』『죽지 않은 도시』『존재하지 않는 나무』등이 있음.

장철문 1966~ 시인. 전북 장수에서 태어남. 연세대학교 국문학과 및 같은 학교 대
학원 졸업. 1994년『창작과비평』에 시를 발표하면서 작품 활동을 시작함. 시집『바
람의 서쪽』『산벚나무의 저녁』『무릎 위의 자작나무』『비유의 바깥』, 동시집『자꾸
건드리니까』등이 있음.

정완영 1919~2016 시조시인. 경북 금릉에서 태어남. 1962년 조선일보 신춘문예에
시조가 당선되고, 1967년 동아일보 신춘문예에 동시가 당선되어 등단함. 시조집『채
춘보(採春譜)』『묵로도(墨鷺圖)』『실일(失日)의 명(銘)』, 동시조집『꽃가지를 흔들 듯
이』『엄마 목소리』『가랑비 가랑가랑 가랑파 가랑가랑』『시비약 사비약 사비약 눈』
등이 있음.

정지용 1902~1950 시인. 충북 옥천에서 태어남. 일본 도시샤(同志社) 대학 영문학과
졸업. 1926년『학조(學潮)』창간호에 시를 발표하며 작품 활동을 시작함. 한국 전쟁
때 납북되었다가 사망함. 시집『정지용 시집』『백록담』등이 있음.

정진규 1939~2017 시인. 경기도 안성에서 태어남. 고려대학교 국문학과 졸업. 1960
년 동아일보 신춘문예에 시가 당선되어 등단함. 시집『마른 수수깡의 평화』『들판의
비인 집이로다』『비어 있음의 충만을 위하여』『별들의 바탕은 어둠이 마땅하다』『몸
시』『본색』등이 있음.

정철 1536~1593 조선 중기의 시인, 정치가. 호는 송강(松江). 가사 문학의 대가. 가사
「관동별곡」「사미인곡」등을 남김.

정호승 1950~ 시인. 대구에서 태어남. 경희대학교 국문학과 졸업. 1973년 대한일
보 신춘문예에 시가 당선되고, 1982년 조선일보 신춘문예에 소설이 당선되어 등단
함. 시집『슬픔이 기쁨에게』『서울의 예수』『별들은 따뜻하다』『눈물이 나면 기차를
타라』『풀잎에도 상처가 있다』『포옹』『여행』『나는 희망을 거절한다』등이 있음.

정희성 1945~ 시인. 경남 창원에서 태어남. 서울대학교 국문학과와 같은 학교 대학

원 졸업. 1970년 동아일보 신춘문예에 시가 당선되어 등단함. 시집『답청』『저문 강에 삽을 씻고』『한 그리움이 다른 그리움에게』『시를 찾아서』『돌아보면 문득』『그리운 나무』등이 있음.

조향미 1961~ 시인. 경남 거창에서 태어남. 부산대학교 국어교육과를 졸업하고 교사로 일함. 1984년 무크지『전망』을 통해 작품 활동을 시작함. 시집으로『길보다 멀리 기다림은 뻗어 있네』『새의 마음』『그 나무가 나에게 팔을 벌렸다』등이 있음.

최승호 1954~ 시인. 강원도 춘천에서 태어남. 춘천교육대학 졸업. 1977년『현대시학』에 시가 추천되어 등단함. 시집『대설주의보』『고슴도치의 마을』『세속도시의 즐거움』『그로테스크』『아무것도 아니면서 모든 것인 나』『방부제가 썩는 나라』, 동시집『말놀이 동시집』(전5권)『치타는 짜장면을 배달한다』등이 있음.

한용운 1879~1944 승려, 시인. 호는 만해(萬海). 충남 홍성에서 태어남. 서당에서 한학을 배우고 동학 농민 운동과 의병 운동에 가담한 뒤에 1905년 백담사에 들어가 승려가 됨. 1919년 3·1 운동 때 민족 대표 33인의 하나로 독립 선언서에 서명하여 옥고를 치름. 시집『님의 침묵』을 간행함.

함민복 1962~ 시인. 충북 충주에서 태어남. 서울예술대학 문예창작과 졸업. 1988년『세계의 문학』에 시를 발표하며 등단함. 시집『우울 씨의 일일(一日)』『자본주의의 약속』『모든 경계에는 꽃이 핀다』『말랑말랑한 힘』『눈물을 자르는 눈꺼풀처럼』, 동시집『바닷물 에고, 짜다』등이 있음.

황인숙 1958~ 시인. 서울에서 태어남. 서울예술대학 문예창작과 졸업. 1984년 경향신문 신춘문예에 시가 당선되어 등단함. 시집『새는 하늘을 자유롭게 풀어놓고』『슬픔이 나를 깨운다』『우리는 철새처럼 만났다』『나의 침울한, 소중한 이여』『자명한 산책』『리스본행 야간열차』『못다 한 사랑이 너무 많아서』등이 있음.

작품 출처

강정안 「실비」, 『샘물』, 교육도서보급사 1954
경종호 「새싹 하나가 나기까지는」, 『천재 시인의 한글 연구』, 문학동네 2017
기형도 「엄마 걱정」, 『입 속의 검은 잎』, 문학과지성사 1989
김소월 「진달래꽃」, 『진달래꽃』, 매문사 1925; 『김소월 전집』, 서울대출판부
        1996
김소월 「먼 후일」, 『진달래꽃』, 매문사 1925; 『김소월 전집』, 서울대출판부
        1996
김승희 「배꼽을 위한 연가 5」, 『왼손을 위한 협주곡』, 민음사 2002
김종길 「성탄제」, 『성탄제』, 삼애사 1969
나태주 「아름다운 사람」, 『꽃을 보듯 너를 본다』, 지혜 2015
나희덕 「귀뚜라미」, 『그 말이 잎을 물들였다』, 창작과비평사 1994
나희덕 「방을 얻다」, 『사라진 손바닥』, 문학과지성사 2004
문삼석 「그림자」, 『우산 속』, 아동문예 2010
배우식 「북어」, 『그의 몸에 환하게 불을 켜고 싶다』, 고요아침 2005
백석   「고향」, 『정본 백석 시집』, 문학동네 2007
복효근 「절친」, 『운동장 편지』, 창비교육 2016
복효근 「세상에서 가장 따뜻했던 저녁」, 『운동장 편지』, 창비교육 2016
서정홍 「우리말 사랑 1」, 『58년 개띠』, 보리 2003
안도현 「사랑」, 『그리운 여우』, 창작과비평사 1997
오은   「미니 시리즈」, 『호텔 타셀의 돼지들』, 민음사 2009
유하   「자동문 앞에서」, 『무림일기』, 문학과지성사 2012
윤동주 「새로운 길」, 『정본 윤동주 전집』, 문학과지성사 2004
윤동주 「별 헤는 밤」, 『정본 윤동주 전집』, 문학과지성사 2004
이면우 「빵집」, 『아무도 울지 않는 밤은 없다』, 창작과비평사 2001
이시영 「마음의 고향 – 가지 않은 길」, 『무늬』, 문학과지성사 1994
이재무 「딸기」, 『온다던 사람 오지 않고』, 문학과지성사 1990
이직   「까마귀 검다 하고」, 심재완 편저 『정본 시조 대전』, 일조각 1984
이택   「감장새 작다 하고」, 『고시조 대전』, 김흥규 옮김, 고려대학교민족문화
        연구원 2012
이형기 「낙화」, 『적막강산』, 모음출판사 1963

장철문 「전봇대는 혼자다」, 『자꾸 건드리니까』, 사계절 2017
정몽주의 어머니 「까마귀 싸우는 골에」, 심재완 편저 『정본 시조 대전』, 일조각 1984
정완영 「물, 수, 제, 비」, 『사비약 사비약 사비약눈』, 문학동네 2011
정지용 「고향」, 『정지용 시집』, 시문학사 1935 ; 『정지용 전집』, 민음사 2003
정진규 「별」, 『별들의 바탕은 어둠이 마땅하다』, 문학세계사 1990
정철 「훈민가」, 임형택·고미숙 엮음 『한국 고전 시가선』, 창작과비평사 1997
정호승 「풀잎에도 상처가 있다」, 『풀잎에도 상처가 있다』, 열림원 2002
정호승 「귀뚜라미에게 받은 짧은 편지」, 『외로우니까 사람이다』, 열림원 1998
정희성 「민지의 꽃」, 『시를 찾아서』, 창작과비평사 2001
조향미 「시 창작 시간」, 『그 나무가 나에게 팔을 벌렸다』, 실천문학 2006
조향미 「못난 사과」, 『새의 마음』, 내일을 여는 책 2000
지은이 모름 「두꺼비 파리를 물고」, 임형택·고미숙 엮음 『한국 고전 시가선』, 창작
과비평사 1997
최승호 「메아리」, 『말놀이 동시집 4』, 비룡소 2008
최승호 「코뿔소」, 『말놀이 동시집 2』, 비룡소 2006
한용운 「나룻배와 행인」, 『님의 침묵』, 회동서관 1926 ; 『원본 한용운 시집』, 깊
은샘 2009
함민복 「비린내라뇨!」, 『바닷물 에고, 짜다』, 비룡소 2009
함민복 「독(毒)은 아름답다」, 『모든 경계에는 꽃이 핀다』, 창작과비평사 1996
황인숙 「모진 소리」, 『자명한 산책』, 문학과지성사 2003

국어 교과서 작품 읽기

전면 개정판 100% 활용북

중2

창비
Changbi Publishers

우리는 학교에서 여러 과목을 공부합니다. 과목마다 학습 방법도 재미도 다르지만, 한 가지 공통점이 있다면 모두 우리말, 우리글로 이루어진다는 점입니다. 달리 말해 국어 공부가 바탕이 되지 않으면 다른 과목이 더 어렵게 느껴질 수도 있지요. 더욱이 국어는 학교에서 배워야 하는 공부의 대상일 뿐 아니라 우리 삶 곳곳에서 쓰이는 소통의 도구입니다. 따라서 국어를 익히는 과정은 세상과 소통하는 법을 배우며 한 인간으로서 성장하는 과정이기도 합니다.

'국어 교과서 작품 읽기'는 2010년 출간된 이래 수많은 학생들과 학부모, 선생님들에게서 큰 관심과 사랑을 받아 왔습니다. 이전까지 한 권이던 국정 국어 교과서에서 여러 권의 검정 국어 교과서로 바뀌면서 나오기 시작한 '국어 교과서 작품 읽기'는 변화된 교육 과정에 발맞추어 다종의 국어 교과서에 실린 문학 작품을 갈래별로 가려 뽑아 재구성해 다채로운 작품을 접할 수 있게 한 시리즈입니다. 초판 이후 2013년부터 새로운 교육 과정에 맞추어 개정판을 냈으며, 이번에 다시 한번 개정된 교육 과정에 맞추어 2019년 새 국어 교과서 9종에 대비하는 '전면 개정판'을 내게 되었습니다.

2018년부터 시행되고 있는 '2015 개정 교육 과정'은 학생이 자신과 세계를 이해하고 공동체의 구성원으로 소통하는 법을 배울 수 있도록 국어 교과 역량을 기르는 것을 강조합니다. 즉 비판적·창의적 사고 역량, 자료·정보 활용 역량, 의사소통 역량, 공동체·대인 관계 역량, 문화 향유 역량, 자기 성찰·계발 역량 등을 키우는 일이 중요해집니다. 이를 위해 과목을 넘나드는 창의 융합 활동이 제시되고, 학습량을 20퍼센트 가까이 줄이는 대신 학습의 질을 높였습니다. 국어 교과서에서도 문학 작품을 인문, 과학 영역과 접목해 통합적으로 읽고 생각하기를 권장하고 있습니다. 이번 '국어 교과서 작품 읽기'는 이처럼 문학 작품 독해의 질을 높이고 국어 능력을 강조하는 교육 과정의 큰 변화에 발맞추어 전면 개정한 것입니다. 이 시리즈는 문학 작품을 읽어 가면서 느낀 재미와 감동을 확인하고 생각하는 힘을 기르는 데 도움을 줄 것입니다.

차례

중2
시

「민지의 꽃」 | 15쪽 |

▶ 시인은 「민지의 꽃」에서 '때가 묻은 말은 천지와 귀신을 감동시키지 못한다'고 하였는데요. 가장 가까이 있는 친구에게 '넌 정말 꽃 같아!' '넌 언제나 감동적이야!'라는 말과 같이 내 마음을 담은 말 한마디 전해 보면 어떨까요?

넌 천사 같아!, 어제는 미안했어!, 정말 고마워!, 넌 정말 근사해!, 우리 계속 친하게 지내자!, 내가 떡볶이 살게!, 넌 한 편의 아름다운 시야!……

「진달래꽃」 | 17쪽 |

▶ 「진달래꽃」에서 가장 인상적인 부분을 찾고, 그 이유를 써 봅시다.

1연과 4연이 가장 인상적이다. 1920년대쯤 쓴 시라 재미가 없을 줄 알았는데, 반복되는 내용인 1연과 4연을 계속 읽어볼수록 시가 멋지게 느껴진다. 엊그제 헤어졌던 남자 친구 생각이 나서 사랑하는 사람과 헤어지기 싫은데 억지로 눈물을 참고 있는 것 같은 화자의 모습이 나에게 많이 와 닿았다.

「새로운 길」 | 19쪽 |

▶ 「새로운 길」에 나오는 '길'은 '살아가면서 나아갈 길'을 보여 주고 있는데요. 꿈을 떠올려 보면서 나는 어떤 삶의 길로 나아가고 싶은지 3줄 내외로 짧게 써 볼까요?

내 꿈은 국어 선생님이 되는 거다. 1학년 때 국어 수업을 들으면서 국어 선생님이 되기로 마음먹었다. 선생님이 되려면 공부도 잘해야 하고 책도 많이 읽어야 한다. 말과 행동도 바르게 해야 하고 가르치는 것도 잘해야 한다. 힘들긴 하지만 좋은 국어 선생님이 되기 위해 한 걸음 한 걸음 나아가고 있다.

「낙화」 　　　　　　　　　　　　　　　　　　　　　| 22쪽 |

▶ 이별은 축복이 될 수 있을까요? 「낙화」 3연에 나온 "결별이 이룩하는 축복"이란 무슨 뜻일지 생각해 봅시다.

역설적 표현은 겉보기에는 논리적으로 모순되어 보이지만 그 속에 중요한 진실을 담고 있다. 시인은 '결별이 이룩하는 축복'이라는 역설적 표현을 통해, 꽃이 지는 것이 무성한 녹음과 튼튼한 열매를 맺기 위한 일이듯 이별의 아픈 체험은 더 성숙한 영혼을 위해 꼭 겪어야 할 과정이라고 말하고 있다.

「빵집」 　　　　　　　　　　　　　　　　　　　　　| 24쪽 |

▶ 「빵집」에는 여러 심상(이미지)이 활용되고 있는데요. "초록 크레파스"나 "붉은 신호등"과 같은 표현을 '시각적 심상'이라고 합니다. 이 시에서 '미각적 심상'과 '촉각적 심상'이 나오는 시행을 찾아 밑줄을 그어 볼까요?

달콤하고 부드러운 빵

「시 창작 시간」 　　　　　　　　　　　　　　　　　　　|27쪽 |

▶ 「시 창작 시간」에서 시를 쓰는 아이들을 빗대어 표현한 시행을 찾아보고, 학교에서 시 창작 시간이 되면 어떤 마음이 들었는지 말해 봅시다.

- 시를 쓰는 아이들을 빗대어 표현한 시행: 먹이 앞에 순해지는 강아지, 소풍날 보물찾기 나선 꼬마들, 시의 꽃가루를 찾는 나비, 끙끙대며 씨름하는 강아지들
- 학교에서 시 창작 시간이 되면 드는 마음: 난 솔직히 시 쓰는 것도 시를 읽는 것도 그다지 좋아하지 않는다. 선생님께서 시를 쓰라고 하면 어떻게 써야 할까 걱정이 먼저 생긴다. 엊그제도 수행평가로 시 창작을 했는데, 글감을 찾다가 하마터면 백지를 낼 뻔했다. 그런데 「시 창작 시간」을 읽어 보니 나와 같은 아이들이 퍽 많다는 것을 알고 깜짝 놀랐다. 나도 「시 창작 시간」에 나오는 아이들처럼 사금 같은 시를 써 보고 싶다.

「풀잎에도 상처가 있다」 | 29쪽 |

▶ 「풀잎에도 상처가 있다」를 읽으면서 '그래, 아픔과 시련을 이겨 낸 사람의 삶이 더욱 향기롭고 아름답겠구나!' 하고 느꼈을 텐데요. 아래 시행 중에서 '마냥 강인해 보이는 사람한테도 상처가 있겠구나!' 하고 느껴지는 부분에 ○표를 해 보고, '마냥 예쁘고 아름다워 보이는 사람한테도 상처가 있겠구나!' 하고 느껴지는 부분에 ☆표를 해 보세요.

풀잎에도 상처가 있다 (○)
꽃잎에도 상처가 있다 (☆)

「딸기」 | 31쪽 |

▶ 딸기를 키운 농부의 마음이 되어 딸기들에게 말을 걸어 봅시다.

"오늘은 니들을 팔러 서울에 가는 날이여. 가는 길이 멀어 조금 힘들 것인게 맘을 단단히 먹어. 작년부터 올 여름까지 몇 달 동안 너희들을 한 식구라 생각하고 하루도 돌보지 않은 날이 없었제. 작년에 심어 놓은 씨앗이 죽지 않고 겨울을 나서 얼마나 고마웠는지 몰러. 행여 올봄에 새싹이 나지 않으면 어쩌나 걱정이 이만저만이 아니었거든. 새싹이 날 때는 얼마나 귀여웠는지, 꼭 우리 막둥이 태어날 적 여린 손만치 보들보들혔어. 하긴 그 여린 새싹이 자라 다섯 잎이나 되는 허연 꽃이 필 적엔 진짜 잠을 못 잤구먼. 딸기꽃 가운데 있는 노란 꽃턱이 자라 하얀 딸기 알맹이가 되고, 여름내 빨갛게 익어 가는 모습을 볼 때 내 맘도 벌겋게 물들어 버렸제. 니들처럼 이쁜 딸기를 먹는 사람은 마음도 참 이쁜 사람일 것이여."

「메아리」 | 33쪽 |

▶ 지금 내가 아무도 없는 산 정상에 올라 있다면 뭐라고 외치고 싶을까요? 크게 외치고 싶은 말을 한번 써 보세요!

"내가 해냈다!", "무서워!", "나는 천재다!", "야호!", "살려주세요!", "나와라, 호랑이!", "가자, 집으로!" ……

「새싹 하나가 나기까지는」 | 35쪽 |

▶ 열다섯 살이 될 때까지 여러분을 키운 것들은 무엇일까요? 생각나는 대로 적어 보세요.

내 나이 열다섯. 나를 지금까지 키운 것들은 뭘까? 먼저, 부모님이 제일 생각난다. 초등학교 2학
년 때 학교 갔다 돌아오면서 다친 머리. 만약 그때 부모님께서 신속하게 나를 병원으로 데려 가
지 않았다면, 난 너무 피를 많이 흘려 지금처럼 건강하게 살지 못했을 거라고 한다.

부모님 다음으로 나를 키운 것은 우리 누나다. 부모님 두 분이 다 맞벌이라 세 살 터울인 누나와
난 언제나 무엇이든지 같이 했다. 학교 오는 것은 물론이고 방과 후 활동, 피아노와 태권도 학
원 등 초등학교 내내 누나와 난 단짝 친구나 다름없었다. 친구들과 다퉜을 때도 먼저 와서 내 기
분을 물어 주고 나보다 더 속상해했던 우리 누나는 부모님이나 다름없다.

또 나를 지금까지 키워 준 것은 뭘까? 내가 좋아하는 축구공을 빠뜨릴 수 없지. 시간 날 때마다
난 축구를 한다. 둥글둥글한 공을 힘껏 차고 그 공을 따라 달리다 보면 공부 스트레스도 저 멀리
달아나 버린다.

마지막으로 이 시를 읽고 알게 된 것이 하나 더 있다. 우리 할머니가 해마다 담가 보내 주시는 김
치. 난 우리 할머니의 김치를 참 좋아한다. 내 친구들 중 김치를 무척 싫어하는 애들도 있지만,
난 우리 할머니 배추김치를 먹으며 이렇게 건강하게 자랐다. 그런데 그 배추가 내 입으로 들어오
기까지 바람도 햇볕도 비도 모두 도움이 되었다는 것을 이 시를 읽고 알게 되었다.

「실비」 | 37쪽 |

▶ 비의 종류를 나타내는 우리말이 참 많은데요. '농사에 더없이 요긴하고 유익한 비'는 어떤
비일까요? 아래 보기 중에서 골라 보세요.

① 실비 ② 금비 ③ 꽃비 ④ 싹비 ⑤ 은비   [② 금비]

「사랑」 | 41쪽 |

▶ 매미가 아닌 다른 생물의 입장에서 「사랑」 2연의 모방 시를 써 봅시다.

사마귀는 아는 것이다.
사랑이란, 이렇게
한사코 자신의 몸을 송두리째 내어 주어도
뒤돌아보지 않고 기꺼이 죽어 가는 것임을

「귀뚜라미」 | 43쪽 |

▶ 「귀뚜라미」를 천천히 살펴보면서 아래 보기 중에서 맞는 말에 ○를, 틀린 말에 ×를 해 볼까요?

1. "내 울음 아직은 노래 아니다"에서 '내 울음'은 귀뚜라미의 울음이다. (○)
2. 이 시의 계절적 배경은 봄이다. (×) ("높은 가지를 흔드는 매미 소리에 묻혀", "지금은 매미 떼가 하늘을 찌르는 시절" 등의 시행에 비추어 볼 때, 이 시의 계절적 배경은 여름입니다.)
3. "그러나 나 여기 살아 있다"에는 힘든 현실을 이겨 내고자 하는 화자의 의지가 담겨 있다. (○)

▶ 우리 주변의 생물이나 또는 사물의 입장이 되어 사람들에게 보내는 시를 써 봅시다.

구린내라뇨!

나한테
구린내 난다고 하지 마세요

코 막지 마세요

나도 최대한 운동해서
길쭉한 몸, 동글동글한 몸
단단한 몸, 물렁물렁한 몸
다 특성에 따라
공들여 가꾼 거예요

이렇게
개성 있는 걸
무조건 다 구린내라뇨!

이건, 정말
언어폭력이에요

– 똥 일동

▶ 아래에 나오는 한자어나 외래어 옆에 「우리말 사랑 1」의 3연에 나오는 우리말을 찾아 써 보세요.

· 화장실(化粧室) → (뒷간) · 대소변(大小便) → (똥오줌)
· 와이프(wife) → (아내) · 대화(對話) → (얘기)

「절친」 | 51쪽 |

▶ '역설'은 겉보기에는 말 자체가 논리적으로 모순되지만 그 속에 어떤 진리나 진실을 담고 있는 표현법입니다. 이 시에서 역설적 표현을 찾아보고, 왜 그렇게 표현했는지 써 봅시다.

하나이면서 둘인, 둘이면서 하나인: 표면적으로 하나이면서 둘이고 둘이면서 하나라는 것은 모순된 표현이다. 그러나 그 이면에 진영이와 화자는 '한 마음으로 통하는 사이지만 각각 다른 독립적 존재이고, 몸은 둘로 나뉘었지만 마음만은 하나로 똘똘 뭉친 친구'라는 의미를 담고 있다.

「고향」 | 53쪽 |

▶ 사람이 아닌 대상을 사람인 것처럼 표현하는 수사법을 '의인법'이라고 하는데요. 「고향」에서 의인법이 사용된 시행을 찾아 밑줄을 그어 볼까요?

흰 점 꽃이 인정스레 웃고

「물, 수, 제, 비」 | 55쪽 |

▶ 「물, 수, 제, 비」는 한 행이 4마디(4음보)씩 반복되어 운율이 형성되는 시조랍니다. 일정한 간격을 유지하며 물 위를 떠가는 물수제비처럼, 이 시조를 4마디씩 똑똑 끊어 읽어 보세요.

우리 마을/고향 마을/시냇가/자갈밭에/
별보다/고운 자갈이/지천으로/깔렸는데/
던지면/도마뱀처럼/물길 찰찰/건너갔지/

공부도/하기 싫고/노는 것도/시시한 날/
나는/냇가로 나가/물수제비/떠먹었지/
자갈이/수, 제, 비 되어/퐁당퐁당/나를 달랬지/

「그림자」　　　　　　　　　　　　　　　　　　　　　　| 57쪽 |

▶ 수수께끼도 시가 될 수 있어요. 수수께끼 형식을 빌린 시를 써 봅시다.

메아리

난 여자도 될 수 있고
남자도 될 수 있다.
먼 들판도 훌쩍 넘어 오르고
큰 산도 몇 개 넘어 갈 수 있다.
하지만 난
혼자서는 안 논다.
꼭꼭 누구랑 같이 논다.
누구가 누구냐구?
바로 너지 누구야.
네가 한 번 부르면
나도 한 번 널 따라 부르고
네가 두 번 부르면
두 번 널 따라 부르는 나.
그럼 난 누구게?

「훈민가」　　　　　　　　　　　　　　　　　　　　　　| 59쪽 |

▶ 「훈민가」 2행 "내 논 다 매어든 네 논 좀 매어 주마"를 사자성어로 표현한다면 아래 보기 중 어떤 것이 가장 적당할까요?

① 상부상조(相扶相助)　② 설상가상(雪上加霜)　③ 선남선녀(善男善女)
④ 매란국죽(梅蘭菊竹)　⑤ 마이동풍(馬耳東風)　　　　[① 상부상조(相扶相助)]

「두꺼비 파리를 물고」 | 61쪽 |

▶「두꺼비 파리를 물고」에 나오는 '파리, 두꺼비, 백송골'은 오늘날의 어떤 사람에 빗댈 수 있을까요?

파리: 가난하고 힘없는 도시의 소시민.
두꺼비: 도시의 소시민에게 돈을 빌려주고 이자를 받아 배를 불리는 고리대금업자나 은행 직원.
백송골: 부와 권력을 가진 거대 자본가.

파리: 평범한 회사 말단 직원.
두꺼비: 말단 직원들에게 갑질하는 팀장이나 과장.
백송골: 부와 권력을 거머쥔 회사 사장이나 회장.

「귀뚜라미에게 받은 짧은 편지」 | 65쪽 |

▶「귀뚜라미에게 받은 짧은 편지」는 귀뚜라미가 어느 계절에 보낸 편지일까요?

가을

「엄마 걱정」 | 67쪽 |

▶ 누군가를 혼자 애타게 기다려 본 경험을 떠올려 보고, 어떤 심정이었는지 말해 봅시다.

어렸을 때 어머니께서 나를 애보는 아줌마에게 잠시 맡겨 두고 동생을 낳으려고 병원에 가신 적이 있다. 이틀이 지났지만 어머니께서는 집으로 돌아오지 않으셨고, 난 어머니가 나를 버리고 가신 줄만 알았다. 지금 생각해보면 아기 낳으러 갔다고 말했건만 난 그 상황을 이해하지 못하고 엄마만 애타게 기다렸다. 아무리 기다려도 오시지 않는 어머니를 그리워하며, 나는 버려진 아이라는 생각에 퍽 많이도 울었다.

「못난 사과」 | 69쪽 |

▶ 「못난 사과」에는 "지게꾼은 잠시 머뭇거리다/주머니 속에서 꼬깃꼬깃한 천 원짜리 한 장 꺼낸다"는 구절이 있는데요. 이 지게꾼의 생활 형편은 어떠할 것 같나요?

넉넉하지 않고 좀 어렵게 살고 있을 것 같다.(경제적으로 어려울 것 같다.)

「마음의 고향」 | 71쪽 |

▶ 내가 아침마다 학교에 가는 길은 어떤 길인가요? 내 생애에서 어떤 길로 남을지 상상해 볼까요?

내가 아침마다 학교에 가는 길은 자전거를 타고 양재천을 따라 약 20~30분쯤 쌩쌩 달리는 길이다. 축구가 좋아 집 가까운 학교에서 먼 중학교로 전학을 온 지도 벌써 1년이 지났다. 친구들과 선생님도 낯설었고 학교도 멀었지만 난 이 양재천 자전거 길이 있어 참 행복하다. 봄, 여름, 가을, 겨울 동안 늘 다른 모습으로 날 반겨 주고 날 이끌어 주는 아름다운 길. 가다가 심심하면 양재천의 잉어들에게 먹이도 주고, 청둥오리와 백로도 바라보면서 여유를 부린다. 내가 아침마다 학교에 가는 양재천 자전거 길은, 내 생에 꿈을 위해 달리는 희망의 길로 남을 것이다.

「방을 얻다」 | 74쪽 |

▶ 「방을 얻다」에 나오는 아주머니가 한 말을 찾아 소리 내어 읽어 보며 구수한 말맛을 느껴 볼까요?

―글씨, 아그들도 다 서울로 나가불고
우리는 별채서 지낸께로 안채가 비기는 해라우.
그라제마는 우리 집안의 내력이 짓든 데라서
맴으로는 지금도 쓰고 있단 말이요.

「전봇대는 혼자다」 | 77쪽 |

▶ '전봇대는 혼자다'라는 제목을 통해 시인이 말하고자 하는 것은 무엇일까요?

제목인 '전봇대는 혼자다'라는 말은 전봇대가 비록 혼자 있는 것처럼 보이지만, 절대로 '혼자가 아니다'라는 내용을 강하게 표현하고 있다. 혼자가 아니기 때문에 삶은 더 따뜻해지고 희망을 꿈꿀 수 있게 한다. 어디 전봇대뿐이겠는가! 사람도 혼자 서 있는 것처럼 보이지만 실제로 함께 손을 맞잡고 살아가고 있으며 또한 그렇게 살아갈 때 세상은 더 따뜻해진다.

「아름다운 사람」 | 79쪽 |

▶ 나에게 아름다운 사람은 누구인가요? 그 사람의 어떤 면이 아름답게 느껴지는지 써 봅시다.

나에게 아름다운 사람은 2학년 때 짝꿍 순영이다. 순영이를 보고 있으면 그 말씨가 너무 예뻐서 나도 모르게 순영이 입을 따라하고 만다. 다른 친구들은 순영이가 조금 답답하다고 너무 착해서 싫다고 하지만, 나는 그런 순영이가 옆에 있으면 그냥 마음이 편해진다. 선생님이나 부모님께 혼이 나서 잔뜩 부어 있을 때도 순영이는 조용히 내 옆에 앉아 "괜찮아?" 하고 나를 걱정해 준다. 내 마음을 꼭 알아주고 따뜻하게 해 주는 순영이는 나에게 지금 아름다운 사람이다.

「독(毒)은 아름답다」 | 81쪽 |

▶ 「독은 아름답다」에는 자식을 잘 키우고 싶어서 자식을 낳고 독하게 술을 끊은 친구가 나오는데요. 여러분도 좀 더 나은 모습으로 생활하기 위해 독한 마음을 먹고 줄이거나 하지 않는 것이 있나요?

게임: 매일 하고 싶지만, 주말에만 시간을 정해서 하고 있다.
스마트폰: 습관처럼 만지고는 했는데 지금은 하지 않으려고 하고 있다.
늦게 자는 것: 늦게 자다 보니 아침에 너무 힘들어서 일찍 자려고 하고 있다. 등등

「나룻배와 행인」 | 83쪽 |

▶ 「나룻배와 행인」을 읽고 한 편의 모방 시를 써 봅시다.

운동장과 축구공

나는 운동장
당신은 축구공

당신은 밤이나 낮이나 나를 짓밟습니다
나는 당신을 품에 안고 흙먼지를 헤쳐 갑니다
나는 당신을 안으면 흙먼지나 풀밭이나 헤쳐 갑니다

만일 당신이 아니 오시면 나는 바람을 쐬고 눈비를 맞으며 밤에서 낮까지 당신을 기다리고 있습니다
당신은 교문이 닫히기만 하면 나를 돌아보지도 않고 가십니다그려
그러나 당신이 언제든지 오실 줄만은 알아요
나는 당신을 기다리면서 날마다 날마다 낡아 갑니다

나는 운동장
당신은 축구공

「고향」 | 86쪽 |

▶ 「고향」에는 의원과 화자가 제법 가까워진 느낌이 있는데요. 의원과 화자가 친밀감을 느끼게 하는 계기가 되는 인물은 누구일까요?

아무개 씨

「별 헤는 밤」 | 90쪽 |

▶ 밤하늘의 별을 헤아리며, 여러분이 소망하는 것이나 추억할 만한 것을 「별 헤는 밤」 4연처럼 적어 보세요.

별 하나에 우정과
별 하나에 열정과
별 하나에 악보와
별 하나에 피아노와
별 하나에 노래와
별 하나에 방탄소년단, 방탄소년단.

「까마귀 검다 하고」 | 92쪽 |

▶ 「까마귀 검다 하고」에서 '겉으로 드러나는 말이나 행동이 속과 다르다(겉으로는 충신인 척하지만 알고 보면 그렇지 않다).'는 것을 말하고 있는 시행에 밑줄을 그어 볼까요?

겉 희고 속 검을손

「세상에서 가장 따뜻했던 저녁」 | 95쪽 |

▶ 나에게 가장 따뜻했던 저녁은 언제였나요? 그때를 회상하며 왜 따뜻했는지 적어 보아요.

아이스하키 선수로 중학교 1학년 때까지 열심히 운동만 하던 나는 올해 초 갑작스럽게 교통사고를 당했다. 이 사고로 내가 죽도록 좋아하는 아이스하키를 더 이상 할 수 없다고 하자, 눈앞이 캄캄하고 너무나 속상해서 정말 죽고 싶은 심정이었다. 병원에서 퇴원한 후, 학교를 다닐 때에도 거의 몇 달 동안 말도 하지 않고 혼자서 늘 우울하게만 보냈다.
그날도 여느 때와 같이 혼자서 집에 가려고 터벅터벅 계단을 내려오는데 새로 전근 오신 담임 선생님께서 나를 부르셨다. "너 주려고 한 권 샀다." 하시며 내 가방 속에 책 한 권을 밀어 넣으셨다. "저, 책 안 좋아하는데······." 하면서 총총히 가시는 선생님 뒷모습만 보고 있다 인사도 못하고 집으로 오고 말았다.

별 기대 없이 책장을 넘기던 나는 그제야 그 책이 시집이라는 것을 알았고, 한 편 한 편 시를 읽어 내려갔다. 마지막 장을 덮은 후, 난 왜 선생님께서 그 시집을 주셨는지 알 것 같았다. 시 한 편 한 편이 꽁꽁 닫힌 내 마음을 어루만져 주고, 나의 아픈 상처를 보듬어 주는 것처럼 저녁 내내 나를 감싸고 있었기 때문이다. 그날 저녁 나는 참 오랜만에 따뜻한 저녁을 보낼 수 있었고, 그날의 감동은 내 생애 가장 따뜻했던 저녁으로 기억된다.

「성탄제」 | 98쪽 |

▶ 지금까지 살아오면서 한 번 정도는 몸이 아프기도 했을 텐데요. 내가 아팠을 때 가족이나 친구가 어떻게 대해 줬는지 따뜻한 손길을 느꼈던 기억을 떠올려 보면서 3~4줄 정도로 써 볼까요?

지난해 중학생이 되고 난 뒤 얼마 되지 않아 독감에 걸렸었다. 몸이 으슬으슬 떨렸고 기침도 멈추지 않고 나왔다. 열도 펄펄 났고 코도 꽉 막혔다. 다행히 엄마가 내 손을 끌고 병원에 다녀온 뒤로 괜찮아졌다. 그때 엄마는 '차라리 내가 대신 아팠으면 좋겠다.'면서 약도 챙겨 주고 이마에 물수건도 올려 주었다. 엄마한테 미안하고 고마웠다.

「별」 | 100쪽 |

▶ 「별」에서 "어둠인 사람들"과 대조되는 2어절의 시어를 찾아볼까요?

"대낮인 사람들"

「배꼽을 위한 연가 5」 | 103쪽 |

▶ 「배꼽을 위한 연가 5」에서 우리의 삶을 "우리들 각자가 배우지 않으면 안 되는/외국어와 같은 것"이라고 표현한 이유는 무엇일까요?

외국어는 다른 나라의 말로서 자연스럽게 배우고 익혀지는 모국어와 달리 자신이 스스로 배우지 않으면 절대로 구사할 수 없다. 우리의 삶 또한 우리들 각자가 스스로 어려움을 헤쳐 나가려고 노력할 때 그 삶은 더 풍요로워지고 값진 것임을 말하기 위해 우리의 삶을 외국어에 빗대어 표현했다.

「미니 시리즈」 | 106쪽 |

▶ 나도 「미니 시리즈」의 주인공이 되어 볼까요. 내가 만일 '느닷없이 수호천사'가 된다면 가장 먼저 어떤 일을 하고 싶은가요?

· 가난해서 힘들어하는 사람들을 도와주고 싶다.
· 길거리에 방치된 동물들을 구해주고 싶다.
· 따돌림 당하는 사람들을 도와주고 싶다. 등등.

「모진 소리」 | 109쪽 |

▶ 누군가에게 한 번이라도 모진 소리를 한 적이 있을 거예요. 그 사람을 생각하며 위로의 편지를 써 봅시다.

세상에서 가장 사랑하는 엄마에게

엄마, 나 유진이야.
나도 잠들면서 마음이 안 편했어. 엄마하고 화해도 안 하고 자 버려서 참 답답하고 힘들었어. 솔직히 엄마가 왜 그런 말을 했는지 어제는 도저히 이해가 가지 않았어. 엄마를 사랑하지만 어젠 정말로 엄마를 용서하기가 힘들어서 나도 모르게 그런 말이 나와 버렸어. 엄마의 딸이면서 너무

버릇없고 엄마 마음에 상처가 되는 나쁜 말을 뱉고 말았어. 나도 방에 와서 얼마나 후회했는지 몰라.

늦게까지 엄마 혼자 남아 집안일하면서 콜록콜록 기침할 때마다 작년에 아파 돌아가신 큰엄마 생각도 나고, 혹시 엄마가 그렇게 되면 어쩌나 걱정도 되었어. 누군가에게 희망을 주고 용기를 주는 말, 그런 말을 더 많이 할 수 있도록 노력해 볼게.

엄마도 엄마 건강 잘 챙기면서 회사일도 하고, 집안일도 했으면 좋겠어. 나도 엄마 많이 도울게.

엄마, 고맙고 또 사랑해. 언제까지나…….

2019년 1월 1일
엄마를 사랑하는 딸, 유진이가

「자동문 앞에서」 | 112쪽 |

▶ 시적 대상을 다른 비슷한 현상이나 사물에 빗대어서 표현하는 것을 '비유'라고 하는데요. 「자동문 앞에서」를 다시 한 번 읽어 보면서 '두 손을 잃고 말 현대인의 모습'을 비유적으로 표현하고 있는 3어절의 시구를 찾아 써 보세요.

날개 없는 키위새

「먼 후일」 | 114쪽 |

▶ '반어(反語)'란 실제 의도를 감춘 채 그 의도와 반대되는 뜻의 말을 하는 표현 방법입니다. 말하고자 하는 것을 실제와 반대로 이야기하며 나의 의도를 더 강조했던 경험을 떠올려 보고 짧게 적어 봅시다.

내 동생은 셋이다. 그것도 남동생들만. 세 녀석이 공룡놀이를 하면서 거실과 큰방은 물론 내 방까지 어질러 놓고 으르렁대며 놀 때마다, 난 화가 나서 "너희들 정말 자알~한다. 잘해!" 하고 소리를 지른다.

「북어」 | 116쪽 |

▶ 「북어」에 나오는 북어에게 한마디 해 준다면 무슨 말을 해 주고 싶은가요?

- 북어야, 미안한데 아침에도 북엇국 먹었다!
- 북어야, 하나도 안 무서운데 어쩌지?
- 북어야, 계속 입 벌리고 있으면 턱뼈 엄청 아프단다. 등등.

「코뿔소」 | 118쪽 |

▶ 「코뿔소」에 화답하는 4행시를 짓되, 행의 끝에 '−소'를 넣어 운율감을 살려 보세요.

알았소
얼른 길을 비켜 드리겠소
그러데 한 가지 청이 있소
멋진 뿔 한번 만져 볼 수 있소

「감장새 작다 하고」 | 120쪽 |

▶ 「감장새 작다 하고」에서 "너나 그냐 다르랴"라는 구절이 있는데요. 여기에서 '너'는 어떤 새이고, '그'는 어떤 새일까요?

너: (대붕)
그: (감장새)

▶ 고려 말의 정치적 상황을 고려할 때, 「까마귀 싸우는 골에」에 나오는 '까마귀'와 '백로'는 누구를 상징하는지 적어 봅시다.

까마귀: 간신(奸臣)과 역신(逆臣)을 뜻하며 고려 왕조를 위협하는 이성계 일파를 상징함.

백로: 충신(忠臣)을 뜻하며 고려에 충성을 다하려는 사람들을 상징함.

중2
소설

1. 일가 | 44~46쪽 |

1. 다음은 '나'의 시선으로 바라본 사건들이다. 이를 바탕으로 이 소설의 줄거리를 파악해 보자.

사건 1. 드디어 미옥이에게서 답장을 받다

- 나는 미옥이에게 답장을 받았으나 일가라는 아저씨의 방문으로 (편지)를 뜯어보지 못함.
- 책상 위에 놓아둔 편지를 (엄마)가 압수함.
- 나중에 엄마가 편지를 돌려줬으나 그 편지는 이미 시효가 지나 미옥이와의 (관계)가 끝남.

사건 2. 일가인 아저씨의 등장으로 문제가 시작되다

- (중국 다롄)에서 당숙 아저씨가 옴.
- 아저씨가 떠날 기미가 없이 우리 집 일꾼처럼 지냄.
- 나는 아저씨가 오래 머무는 것이 불만스러움.
- 편지를 압수한 일로 (엄마)와 (아버지)가 크게 싸웠지만, 나는 근본적인 원인은 (아저씨) 때문이라고 생각함.

사건 3. 엄마 vs 아버지

- 편지를 압수한 엄마에게 아버지가 '(간취)'라는 단어를 사용하여 엄마와 아버지가 크게 다툼.
- (엄마)가 집을 나가 며칠 동안 돌아오지 않음.
- 일가인 아저씨가 새벽에 (떠남.)
- 엄마가 집으로 돌아옴.

2. 다음은 '나'의 관점에서 엄마가 집을 나간 상황을 이야기하고 있다. 다른 인물들의 심리를
상상해 보자.

자기가 죄인이라고 하는 아저씨도 힘들고 아니라고 하는 아버지도 참 견디기 힘든 상황
임에 틀림없었다. 그러나 무엇보다 힘든 사람은 바로 나였다. 나로 말할 것 같으면 미옥
이에게서 내 의지, 내 감정과는 상관없는 끝종 선고를 받은 참이었기 때문이다. 모든 것
은 엄마의 소원대로 되어 가는 셈이었다. 엄마가 집을 나가는 강수를 써야만 아버지가
아버지의 중국 형님을 이제 그만 내보낼 것이라고 계산했을 것이다.

엄마

엄마가 아들의 미래를 걱정해서 한 행동을 가지고 '갈취'라니. 그런 심한 말이
어디 있어? 내가 사기꾼도 아니고, 자식 놈은 연애에 정신이 팔리고, 남편이
라는 사람은 내 마음도 모르고. 일가라는 그분은 눈치도 없이 날마다 술을 달
래지 않나, 옷을 빨아 달래지 않나. 정말 속상해서 못 살겠어.

아버지

아니, 열여섯 아들놈이 연애도 할 수 있지. 편지까지 압수할 건 또 뭐야.
그래, '갈취'라는 말은 내가 좀 심했다고 쳐. 그래도 말실수 좀 했다고 형
님도 계신데 집을 나가다니. 민망해서 고개를 들 수가 없군.

아저씨

내가 손님으로 와서 너무 눈치 없이 오래 머물렀나 보아. 나 때문에 제수씨가
집을 나간 것 같아서 정말 동생한테 미안한 마음이 드는군. 혼자 돈 벌러 한국
에 와서 일가를 만난 반가운 마음에 내가 그만 실수했다오.

3. 다음은 '나'의 국어 선생님이 들려준 말이다. 이를 통해 열여섯 살의 '나'와 열일곱 살의 '나'가 어떻게 달라졌는지 이야기해 보자.

"내가 내 외로움 때문에 울 때는 아직 그가 덜 컸다는 증거고 나와 상관없는 남의 외로움 때문에 울 수 있다면 그가 다 컸다는 것을 의미한다. 그는 더 이상 어린애가 아니다."

열여섯 살 '나'	열일곱 살 '나'
• 내 외로움 때문에 울다. • 미옥이가 내 마음을 알아주지 않은 것이 원통해서 울다. • 아저씨의 삶을 이해하지 못한다.	• 당숙인 아저씨 때문에 울다. • 홀로 한국에 돈 벌러 온 '조선족' 이주 노동자인 아저씨의 고된 삶을 이해한다. • 엄마의 가출이 자신 때문이라 여기고 새벽차를 타고 쓸쓸히 떠난 아저씨의 외로움을 이해한다.

4. 「일가」의 바탕글을 활용하여 낱말 퍼즐을 풀어 보자.

	¹고	추	²장		³한	⁴과		⁵얼	
			조			⁶수	학	이	행
	⁷에		⁸림	해	⁹실	원		섯	
	이				랜				
	밥								
	¹⁰신	¹¹견			¹²부	득	¹³불		
		¹⁴지	하	정	부		¹⁵미	옥	¹⁶이
		씨							주
¹⁹우		¹⁷외	고	움		¹⁸포		노
¹⁹우	²⁰일	가				르		동
²¹사	²²기	꾼			²³무	투	핑	자
차					²⁴감	취		

〈가로 열쇠〉

1. 아버지가 안주로 멸치와 이것을 챙겨 나감.
3. 어머니는 ○○ 공장에 다님. 제사상에 오르는 과자.
6. '나'는 ○○○○ 가서 여관방에서 맥주를 먹어 봄.
8. 아저씨가 언급한 중국 영화 제목.
10. 떡살로 눌러 모나거나 둥글게 만든 떡.
12. 아저씨는 ○○○ 새벽차를 타야 한다며 떠남. '하지 않을 수 없어'의 뜻.
14. 합법적인 정부를 부인하는 비밀 정부.
15. '나'가 짝사랑한 여학생.
17. 내 ○○○이 아니라 남의 ○○○ 때문에 울 수 있다면 이미 그가 다 컸다는 것이다.
20. 한집안.
21. 어머니는 ○○○들한테나 하는 말을 아버지가 했기 때문에 화가 남.
23. 통나무로 만든 집. 아저씨는 이것을 짓고 싶어 함.
24. 아버지가 어머니를 몹시 화나게 만든 말.

〈세로 열쇠〉

2. 간장에 조린 반찬.
4. '나'가 아저씨를 처음 만난 곳은 우리 ○○○.
5. 어머니의 가출 사건 당시 '나'의 나이.
7. 조선의 ○○○○을 따지는 아저씨 때문에 '나'의 행동이 불편함.
9. '나'가 미옥의 답장을 곧장 뜯어보지 않은 까닭은 ○○을 더 오래 누리고 싶어서였다.
11. '나'가 짝사랑하는 여학생에게 마음을 담아 보낸 것.
12. 아버지와 ○○○○을 한 후 어머니가 집을 나감.
13. 아름답지 못하고 추잡함.
16. 아저씨는 중국에서 온 ○○○○○.
17. 어머니의 친정.
18. 유럽 남부에 위치한 국가. 수도는 리스본.
19. 외양간.
20. 아저씨는 손님이 아니고 ○○처럼 아버지를 도와 일을 함.
22. 가출했던 어머니는 ○○를 타고 돌아옴.

2. 내가 그린 히말라야시다 그림 | 77~79쪽 |

1. 다음은 소설 속 두 명의 서술자를 중심으로 시간에 따라 사건을 재배열한 표이다. 빈칸에 알맞은 말을 채워 보자.

0 남자	1 여자
① 나의 아버지는 그림에 재능이 있었지만 할아버지 때문에 일찍 (결혼)하고 (농사)를 짓는다.	① 나는 읍에서 제일 큰 (재재소집) 고명딸로 부족할 것 없이 부유하게 자란다.
② 염소를 판 돈으로 (그림) 재료를 사던 아버지를 (천수기) 선생님이 먼저 알아본다.	② (미술 과외 선생님이)이 나에게 (그림)에 뛰어난 재능이 있다고 말했지만 열심히 할 마음이 없다.
③ 군 학예 대회에서 3학년 때는 남의 (이름)으로, 4학년 때는 남의 (작품)으로 (장원)에 입상한다.	③ 4학년 때 (문예반)이었지만 사생 대회 대표로 뽑혀 군 학예 대회에 나간다.
④ 전시 마지막 날 강당에서 장원한 작품이 자신의 그림이 아닌 것을 확인하지만 아무에게도 말하지 않는다.	④ (자신)의 작품이 장원이라는 사실을 뒤늦게 알았지만 아무에게도 말하지 않는다.
⑤ 그 후로 자신의 (재능)을 의심하며 항상 최선을 다해 그림을 그린다.	⑤ 가정학을 공부하다가 중매로 (판사)인 남편을 만나서 결혼해 행복한 인생을 살고 있는 나는 그림 감상을 좋아한다.
⑥ 지금은 우리나라를 대표하는 추상화 화가로서, (풍경화)는 그리지 않는다.	⑥ '고갱과 고흐'라는 이름의 (찻집)에서 백선규의 인쇄된 그림을 감상하다가 창밖으로 지나가는 그를 보고 알은체할까 망설인다.

2. 다음은 그림이 뒤바뀌었던 사건을 회상하는 부분이다. 그때 그림이 뒤바뀐 사실을 말했다면, 인물들의 삶이 어떻게 달라졌을지 '0'과 '1'의 입장에서 상상해 보자.

0

그때 말해야 했을까? 아니, 모르겠어. 다시 그때가 된다면 내 입으로 말할 수 있을까. 아니 그것도 몰라. 내가 아는 건 내가 말할 수 있었지만 말하지 않은 그 일 때문에 내 삶이 달라졌다는 거야.

1) 나는 주 선생님을 찾아가서 강당에 걸린 그림이 내 그림이 아니라고 말했다. 그림의 주인을 찾아 다시 심사가 이루어졌고, 원래 그림의 주인에게 장원이 돌아갔다. 상에 대한 아쉬움은 있었지만, 양심의 가책을 덜 수 있었다. 그날 이후 나는 풍경화를 그릴 때, 모든 걸 그림 속에 욱여 넣으려고만 하지 않고 비우는 법을 배웠다. 그리고 항상 누군가 나보다 뛰어난 재능을 가지고 있는 사람이 있을 수 있다는 생각으로 내가 가진 능력 전부를, 그 이상을 쏟아부었다. 그리고 나만의 개성을 담아 작품을 표현했다. 사물의 원형, 본질을 최대한 추상화하여 표현하는 작가로 나는 화가로서 이름을 알리게 되었다.

2) 나는 주 선생님을 찾아가서 강당에 걸린 그림이 내 그림이 아니라고 말했다. 그림의 주인을 찾아 다시 심사가 이루어졌고, 원래 그림의 주인에게 장원이 돌아갔다. 나는 장원을 받은 여자아이의 히말라야시다 그림에서 나를 뛰어넘는 재능을 분명히 확인했다. 그 후로 나는 그림을 그리는 일에 관심을 두지 않았다. 다시 축구를 좋아하는 학생으로 평범한 삶을 살게 되었다.

그렇지만 단 한 번 상을 받을 뻔한 적은 있지. 스스로의 실수 때문에 못 받은 거니까 누구를 원망할 수도 없지만. 그 실수를 인정하고 내가 받을 상이 남에게 간 것을 바로잡을 수 있었을까. 할 수 있었을지도 몰라. 아버지에게 이야기했다면. 아니면 천수기 선생님한테라도.

1) 나는 아버지에게 내가 실수로 참가 번호를 잘못 적어서 상이 다른 사람에게 돌아갔다고 말했다. 장원으로 강당에 전시된 그림이 나의 작품이라고. 아버지는 나 대신 상을 받은 아이가 집안 사정이 어려운 것을 아시고, 이번 일은 그냥 넘어가자고 하셨다. 딸내미가 이쁘게 커서 시집만 잘 가면 됐지, 화가가 돼서 돈 벌 것도 아니니, 그 상은 화가를 꿈꾸는 그 아이에게 양보하자고 하셨다. 나도 내 실수와 잘못된 과정을 바로잡는 게 귀찮은 일이라고 생각되었다. 그 후로 나는 결혼을 하고 아이들을 키우며 평범한 일상을 살아가고 있다. 아직도 그림을 좋아해 미술관을 찾아 전시된 그림을 보는 것을 취미로 하면서.

2) 나는 아버지에게 내가 실수로 참가 번호를 잘못 적어서 상이 다른 사람에게 돌아갔다고 말했다. 장원으로 강당에 전시된 그림이 나의 작품이라고. 나에게 미술을 가르치던 선생님이 내가 그림에 재능이 뛰어나다고 계속 공부를 시키면 훌륭한 화가가 될 수 있을 것이라는 말을 다시 한 번 생각해 본 아버지는 그 후로 내가 그림 공부를 계속 할 수 있도록 지원해 주셨다. 나는 5학년이 되어서 특별 활동반으로 미술반에 들어갔고, 계속 미술 공부를 한 결과 재능을 인정받아 화가로서의 삶을 살게 되었다.

3. 다음은 같은 사건(그림 경연 대회 참가)을 두 시선으로 바라본 것이다. 이 소설에서처럼 동일한 사건을 서로 다른 두 시선으로 바라볼 때 어떠한 효과가 생겨나는지 써 보자.

0

그 여자애와 나는 비슷한 점이 하나도 없었어. 크레파스부터 한 번도 쓰지 않은 새것, 한 번만 더 쓰면 더 쓸 수 없도록 닳은 것이라는 차이가 있었어. 처음부터 다른 길에서 출발해서 가다가 우연히 두어 시간 동안 같은 장소에서 비슷한 그림을 그리게 되겠지만 앞으로 영원히 만날 일이 없을 것 같은 사람이야. 그 여자아이도 그걸 의식하고 있는 것 같았어. 나를 한 번 힐끗 넘겨다보고는 코를 찡그리더니 더 이상 눈길을 주지 않았어. 자리를 뜰 것 같았는데 계속 그리기는 하더군. 나를 의식하기 전에 밑그림을 그렸던 게 아까웠겠지.

1

우리는 주최 측이 확인 도장을 찍어서 준 도화지를 한 장씩 받아서 그림을 그리기 위해 여기저기로 흩어졌지. 그런데 내 뒤에서 그림을 그리던 녀석, 옷도 지저분하고 검정 고무신을 신은 데다 간장 냄새가 나던 녀석이 기억에 오래 남았어. 그 냄새며 꼴이 싫어서 자리를 옮기려고 했지만 이미 노란색 크레파스로 그 앞의 나무와 갈색 나무 교사의 밑그림을 그린 뒤라서 그럴 수도 없었어. 참 그 냄새, 머리가 아프도록 지독했어. 그건 한마디로 말하자면 가난의 냄새였어.

♣ 두 시선으로 전개했을 때의 효과

– 사건에 대한 인물의 생각과 느낌을 다양한 각도에서 볼 수 있다.
– 공통된 상황 속에서 두 인물의 감정이 서로 다르게 드러나는 것을 통하여 소설의 색다른 재미를 느낄 수 있다.
– 독자가 사건의 전말(처음부터 끝까지 일이 진행되어 온 경과)을 파악하기가 쉽다.

3. 사랑손님과 어머니 | 121~123쪽 |

1. 다음 '사건'과 '옥희의 서술'을 통해 엿볼 수 있는 사랑손님과 어머니의 속마음을 추측해 보자.

사건	옥희의 서술	사랑손님 혹은 어머니의 속마음
아저씨가 옥희를 무릎에 앉히고 귀하게 여기며 이것저것 묻다가도 아랫방에 외삼촌이 들어오면 갑자기 태도가 달라짐.	아저씨가 우리 외삼촌을 무서워하나 봐요.	옥희 엄마에 대해 관심이 있다는 사실을 누가 알면 안 되니까 조심해야겠군.
"난 아저씨가 우리 아빠래문 좋겠다."는 옥희의 말에 아저씨 얼굴이 빨개지고 목소리가 떨림.	아저씨가 몹시 성이 난 것처럼 보였어요.	철없는 옥희의 말이 내 마음이기도 해서 몹시 당황스러웠다.
예배당에서 아저씨에게 옥희가 손을 흔들었는데 한 번도 바라다보아 주지 않고, 어머니는 앞만 바라보며 옥희를 꽉꽉 잡아당김.	아저씨도 어머니도 왜 그리 성이 났는지! 으아 하고 울고 싶었어요.	옥희 엄마에게 내가 따라온 걸 들켰네. 뭐라고 변명하지? 혹시 사랑손님이 나를 보러 여기 오셨을까? 창피하고 민망하네.
꽃을 어머니에게 내밀며 아저씨가 갖다 주라고 했다고 거짓말을 함.	어머니가 꽃을 받고 성을 내는 걸 보니, 거짓말한 것이 참 잘되었다고 생각했어요.	사랑손님이 나에게 꽃을 보내오다니, 누가 알면 큰일이지만 내 감정도 자꾸 커져만 가네.

사건	옥희의 서술	사랑손님 혹은 어머니의 속마음
아저씨의 하얀 봉투를 받은 어머니는 얼굴색이 파랬다 빨갰다 하고 손이 떨리고 입술이 뜨거워짐.	어머니가 혹시 병이나 나지 않았나 하고 염려가 되어서 얼른 자자고 말했습니다.	사랑손님이 나에게 고백하는 편지를 보내왔으면 어쩌지?
어머니가 주기도문을 외우다가 "우리를 시험에 들지 말게 하옵시고……"를 자꾸 되풀이 함.	나도 줄줄 외는 주기도문을 글쎄 어머니가 막히다니 참으로 우스운 일이었습니다.	사랑손님을 사랑하지만 고백을 받아들일 순 없어. 옥희에게 세상 사람들의 손가락질을 받게 할 순 없어.
어머니가 보내는 하얀 손수건을 받은 아저씨가 말도 안 하고 웃지도 않고 얼굴이 파래짐.	이상한 기분이 들어서 아저씨 방에 들어가지 못하고 그냥 돌아왔지요. 그 후 아저씨가 무척 슬퍼 보였어요.	옥희 엄마가 내 고백을 받아들이지 않겠다고 하는군. 그녀를 향한 내 마음을 접고 떠나야겠어.

2. 활동 1에 나타난 '옥희의 서술'은 사랑손님과 어머니의 속마음을 사실과 다르게 나타내고 있다. 어리숙한 서술자를 통해서 얻을 수 있는 효과가 무엇인지 다음 빈 곳을 채워 보자.

이 소설은 여섯 살 난 어린아이 옥희('나')를 등장시켜 사랑손님과 어머니 사이에 메신 저 역할을 하면서 그들을 관찰하도록 하고 있다. '나'는 주인공의 심리를 엉뚱하게 전달 하는 서술을 통해 독자에게 (재미)를 주는 한편, 사랑손님과 어머니의 사랑을 (아름답고 순수)한 느낌이 나도록 전달해 주고 있다.

3. 옥희 어머니는 아저씨의 편지를 받고 갈등한다. 이런 어머니에게 〈보기〉 중의 한 인물이 되어 의견을 말해 보자.

〈보기〉 옥희, 큰외삼촌, 외삼촌, 외할머니, 신여성 친구

신여성 친구: 이제 세상이 변했어. 앞으로는 더 변할 거고. 사람들은 남의 일을 쉽게 얘기하지만, 오래도록 생각하고 있지 않기도 해. 그러니까 마음이 가는 대로 해도 괜찮아. 옥희 때문에, 주변의 이목 때문에 소중한 인연을 떠나보내지 않았으면 좋겠어.

4. 이 소설의 주제를 '겉으로 드러난 주제'와 '속으로 감춰진 주제'로 나누어 파악해 보자. '속으로 감춰진 주제'는 다음 글을 참고하여 말해 보자.

가부장제는 가장인 남성이 강력한 권한을 가지고 가족 구성원을 통솔하는 가족 형태이다. 조선 시대의 가부장제 사회에서는 '개가(결혼했던 여자가 남편과 사별하거나 이혼하여 다른 남자와 결혼함)한 여성의 자손을 벼슬길에 오르지 못하도록 하는 법'이 있었다. 1894년 갑오개혁 때 과부의 개가를 허용하도록 하였으나 여성의 개가에 대한 부정적 의식은 「사랑손님과 어머니」가 발표된 1930년에도 여전하였다.

- 표면적 주제(겉으로 드러난 주제): 사랑손님과 어머니의 사랑과 이별
- 이면적 주제(속으로 감춰진 주제): 가부장제와 여성 억압에 대한 비판

4. 두근두근 내 인생 | 145~146쪽 |

1. 이 소설의 주인공 아름이에 대한 물음에 답해 보자.

(1) 병명은 무엇이고, 현재 상태는 어떠한가?

조로증, 아름이는 현재 심장마비와 각종 합병증의 위험을 앓고 있으며 최근에는 한쪽 시력마저
잃은 상태다.

(2) TV 오디션 프로그램을 보고 부러워한 사람과 그 이유는?

오디션에 떨어지고 우는 아이들을 부러워하고 있다. 왜냐하면 그들은 아름이와 달리 실패하고 실망
할 기회를 가지고 있기 때문이다.

2. 아름이 방송에 다양한 시청자 소감이 올라왔다. 나도 시청자의 한 사람으로 소감을 적어
   보자.

☞ 제가 오 년간 항암 치료 받아 봐서 아름 군 마음이 조금 이해가 됩니다.
   용기 잃지 마세요.

☞ 형은 남들보다 빨리 자라느라 얼마나 힘드셨겠어요? 오늘 제 돼지 저금통 깼어요.

☞ 아름이가 하는 말들이 왜 제 마음을 흔드는지 생각해 봤습니다.

☞ 아름이 부모님, 방송을 보니 두 분이 아름이를 얼마나 잘 키우셨는지 알 것 같습니다.
   부모 입장에서는 자식을 선하게 키우는 것만큼 어려운 게 없지요. 대단하십니다.

☞ 맞는 말씀입니다. 공감

☞ 대단하다. 나라면 자살했을 텐데……ㅋㅋㅋ

  ┗ 이런 말은 아름이 가족에게 큰 상처가 될 거라는 생각 안 하냐?

☞ 웃기는 자식이 되고 싶다는 아름이의 말에 나는 어떤 자식인가 하는 반성을 해 봅니다.

3. 자라야 하는 아름이는 늙어 가고 있다. 다음 부분을 참고해서 '자란다'와 '늙는다'는 말은 각각 어떤 의미를 담고 있는지 생각해 보자.

"그 애들, 앞으로도 그러고 살겠죠? 거절당하고 실망하고, 수치를 느끼고, 그러면서 또 이것저것을 해 보고."

"아마 그러겠지?"

"그 느낌이 정말 궁금했어요. 어, 그러니까…… 저는…… 뭔가 실패할 기회조차 없었거든요."

"……."

"실패해 보고 싶었어요. 실망하고, 그러고, 나도 그렇게 크게 울어 보고 싶었어요."

구분 의미	자라다	늙다
사전적인 의미	• 생물이 생장하거나 성숙하여지다. • 힘이나 능력이 일정한 정도에 이르다.	• 한창때를 지나 쇠퇴하다. • 흔히 중년이 지난 상태가 됨을 이른다.
현실적인 의미	보통 20세 전의 미성년자에게 어울리는 말이다. 어떤 일에 도전하고 실패하고 실망하고 또 도전하고 실패하고 절망하면서 일정한 정도에 이르니까 아프고 힘든 과정을 이르는 말인 것 같다.	육체적으로 힘이나 능력이 떨어질 때 쓰는 말이다. 미래에 도전하기보다는 현재 상태라도 유지하는 것을 소망할 테니 아무래도 현재에 집중하거나 소극적인 태도를 갖게 될 것 같다. 자라 본 적이 있으므로 성장통을 이해해 줄 수 있을 것 같다.

5. 양반전 | 158~160쪽 |

1. 작품의 내용을 바탕으로 등장인물의 성격이나 특징과 연관 있는 것끼리 짝지어 보자.

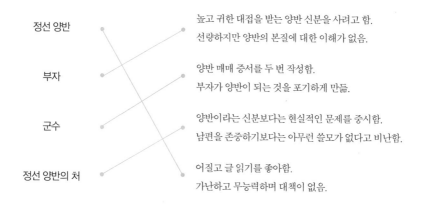

정선 양반

부자

군수

정선 양반의 처

높고 귀한 대접을 받는 양반 신분을 사려고 함.
선량하지만 양반의 본질에 대한 이해가 없음.

양반 매매 증서를 두 번 작성함.
부자가 양반이 되는 것을 포기하게 만듦.

양반이라는 신분보다는 현실적인 문제를 중시함.
남편을 존중하기보다는 아무런 쓸모가 없다고 비난함.

어질고 글 읽기를 좋아함.
가난하고 무능력하며 대책이 없음.

2. 군수가 만든 증서에 나타난 양반의 모습을 이야기해 보자.

1차 증서	2차 증서
손에 돈을 만져서는 안 되며, 쌀값을 물어서는 안 되며, 아무리 더워도 버선을 벗어서는 안 되느니라. 밥을 먹을 때는 맨상투 바람으로 먹지 말며, 국부터 먼저 마시지 말며, 국을 먹을 때는 방정맞게 후루룩 소리 나게 마시지 말며…….	하다못해 시골에서 가난한 선비로 살더라도 자기 멋대로 할 수 있으니, 이웃집 소를 빌려 자기 밭을 먼저 갈게 하고, 마을 사람을 불러다가 자기 밭을 먼저 김매게 할 수 있느니라.

⬇

양반의 모습 :
양반이 행해야 하는 형식적인 품행 절차가 있어 체면과 겉치레를 중요시했다.

⬇

양반의 모습 :
양반은 평민들에게 횡포를 부리고, 부당한 특권을 누렸다.

3. 다음 내용을 통하여 작품 속에 드러난 당시 사회의 모습을 이야기해 보자.

군수는 양반이 관곡을 모두 갚았다는 말을 통인에게 전해 듣고 깜짝 놀랐다. 그 형편에 천 석이나 되는 관곡을 어떻게 한꺼번에 갚을 수 있었는지 영문을 알 수 없었다. 그래서 위로도 할 겸 궁금증도 풀 겸 몸소 양반을 찾아갔다.

그런데 뜻밖에도 양반은 의관도 갖추지 않고 벙거지에 짧은 잠방이를 입은 채 사립문 밖 땅바닥에 엎드려 "쉰네, 쉰네." 하면서 군수를 감히 바로 쳐다보지도 못하는 것이었다.

군수는 깜짝 놀라 말에서 뛰어내려 양반의 손을 붙잡고 일으켜 세우려 하였다.

"이게 도대체 어찌 된 일이오? 대관절 왜 이러시오?"

그러나 양반은 더욱 황송한 듯 연방 머리를 조아렸다.

"황송하옵니다. 쉰네가 양반 자리를 팔아서 관곡을 갚았사옵니다. 이제 저 건넛집 부자 가 양반이옵니다. 그러니 어찌 이미 팔아먹은 양반 행세를 하겠나이까?"

- **작품 속에 드러난 당시 사회의 모습 :**
  - 양반, 평민 등으로 계급을 구분하는 신분 제도가 있었다.
  - 신분에 따라 부르는 호칭, 옷차림이 달랐다.
  - 양반은 특권을 누리던 최고 지배층이었다.
  - 돈을 많이 모은 평민들이 생기면서 양반 신분을 사고파는 일이 생겼다.

4. 이 작품에서는 양반의 부정적 모습을 확대하고 과장해서 제시하는 '풍자'의 방법으로 양반
   의 모습을 우스꽝스럽게 나타내고 있다. 다음 두 예문을 통해 양반의 어떤 면을 풍자하고
   있는지 파악해 보자.

> "당신은 평생 글만 읽더니, 이제는 관가에서 꾸어다 먹은 곡식도 못 갚는구려. 양반, 양
> 반 하더니 참 딱하오! 그놈의 양반이란 것이 한 푼 값어치도 안 나간단 말이오!"
>
> "제발 그만! 그만하시오! 양반이란 것이 참 맹랑하기도 하오. 나리님네들은 지금 나를
> 날도둑놈으로 만들 작정이오?"

- · 풍자하려고 하는 양반의 모습:
  - − 농사와 같은 실생활에 도움이 되는 생산적인 일은 하지 않고, 현실 대응 능력이 전혀 없는 무
    능한 모습.
  - − 양반의 특권을 이용해 평민들에게 횡포를 부리는 모습.

- · 풍자를 활용하여 얻을 수 있는 효과:
  - − 권위적 인물인 양반을 비꼬면서 동시에 웃음을 터뜨려 즐거움을 준다.
  - − 양반을 우스꽝스럽게 표현함으로써 권위를 해체시키는 효과를 준다.

6. 춘향전 | 188~189쪽 |

1. 몽룡과 춘향은 동갑내기인데도 몽룡은 반말을, 춘향은 존댓말을 쓰고 있다. 그 이유를 빈 칸에 들어갈 말을 이용해서 설명해 보자.

몽룡의 부모	춘향의 부모
남원 부사와 정부인	성 참판과 그의 첩 월매(퇴기)

몽룡: 네 성은 무엇이며, 나이는 몇 살이냐?

춘향: 성은 성가이옵고, 나이는 열여섯입니다.

몽룡: 허허, 그 말 반갑도다. 내 나이도 열여섯, 천생연분이로구나.

조선 시대는 부모의 신분에 따라 자식의 신분도 결정되는 신분 사회이기 때문에 양반의 아들 몽룡은 기생의 딸 춘향에게 **반말을 쓰고 있는 거예요.**

2. 이 작품은 인물의 처지나 갈등 구조에 따라 주제를 다양하게 이야기해 볼 수 있다. 다음 빈 칸에 알맞은 말을 넣어 주제를 파악해 보자.

- 양반의 아들 몽룡과 기생의 딸 춘향의 연애담이라는 측면에서 보면:
  신분을 초월한 변치 않는 사랑.
- 암행어사 이몽룡과 부패한 관리 변 사또의 갈등 구조에서 보면:
  탐관오리의 횡포에 대한 응징.
- 퇴기 월매의 딸이라는 신분적 제약에서 벗어나려는 춘향의 입장에서 보면:
  신분 상승 의지.
- 춘향과 변 사또의 갈등 구조에서 보면:
  여성의 굳은 절개.

3. 이 소설에는 각각의 장면마다 다양한 표현들이 나온다. 다음의 표현에는 어떤 방법이 쓰였고 그 효과는 무엇인지 알아 보자.

장면	표현	표현 방법 및 효과
옥에 갇힌 춘향의 모습	번개는 번쩍 천둥은 우르릉, 비는 주룩주룩 바람은 휘휘 불어, 문풍지는 덜덜 밤새는 붓붓, 옥문은 덜컥, 낙수는 뚝뚝, 먼 데서 닭 소리 은은히 들리는데…….	대구법과 의성어를 활용해 생동감과 운율감을 준다.
월매가 춘향에게 화내는 장면	"사또 분부 받들고 편안하게 살랬더니 일부종사하겠다고 목숨마저 내걸더니, 꼴 좋다. 거지도 상거지에 일부종사 무슨 소용이냐?"	속마음과 반대로 이야기하는 반어법을 사용하여 상대방을 비꼬거나 의미를 강조한다.
푸대접받은 몽룡이 시를 지은 후	"먼 데서 온 거지가 오랜만에 술과 고기를 포식하였으니 고맙소. 나중에 다시 봅시다."	
암행어사 출또에 놀라 수령들이 도망치는 장면	변 사또는 정신이 아득하여 바지에 똥을 싸서 엉겁결에 내실로 뛰어들며 소리쳤다. "어, 춥다. 문 들어온다, 바람 닫아라. 물 마르다, 목 들여라."	과장이나 언어유희 등을 통해 탐관오리 변 사또를 풍자하여 독자에게 통쾌한 웃음을 준다.

중2
~~~~~~~~
수필

|87~88쪽|

1. '설명의 방법' 이해하고 파악해 보기

⟨설명의 방법⟩

• 정의: 대상의 의미와 범위를 밝혀 설명한다.
• 비교와 대조: 두 대상을 공통점(비교)이나 차이점(대조)을 중심으로 설명한다.
• 분류와 구분: 여러 대상을 기준에 따라 묶거나 나눌 때 주로 쓰인다.
• 인과: 어떤 결과를 가져오는 원인, 또는 원인에 따른 결과를 설명할 때 주로 쓰인다.
• 분석: 연관이 있는 여러 부분으로 이루어진 하나의 대상을 설명할 때 주로 쓰인다.
• 과정: 어떤 결과에 이르는 과정이나 절차에 따라서 설명할 때 쓰인다.
• 예시: 익숙한 사례를 들어서 보여 주면서 대상을 설명할 때 쓰인다.

다음 글에서 글쓴이가 대상을 효과적으로 설명하기 위해서 어떤 방법을 사용하고 있는지 이야기해 봅시다.

(1) 정전기는 우리 생활을 편리하게 하는 데에도 이용되고 있다. 복사기는 정전기를 이용한 대표적인 제품이다. 복사기는 정전기를 이용해 토너의 잉크 가루를 종이에 붙인다. 집진기도 정전기를 이용해서 공기 중의 먼지를 모은다. (『정전기가 겨울로 간 까닭은?』 37~38면)

정전기가 우리 생활을 편리하게 하는 데에도 이용되고 있음을 복사기와 집진기를 예시로 들어 설명하고 있다.

(2) 친구들은 아주 많이 슬프거나 화가 날 때, 혹은 걱정이 있을 때 어떻게 해? 어떤 영화의 주인공은 그럴 때 달리기를 하더라고. 심장이 터질 때까지 달리기를 하다 보면 어느새 마음이 가라앉는다는 거야. 또 어떤 사람은 그럴 때 노래를 부르기도 하더군. 큰 소리로 노래를 부르다 보면 어느 틈엔가 거북하고 불편했던 마음이 조금씩 평온해지는 걸 느낀대. (『읽으면 읽을수록 좋은 만병 통치약』, 58~59면)

슬프거나 화가 날 때 혹은 걱정이 있을 때 어떻게 하는지, 달리기를 하는 영화의 주인공과 노래를 부르는 사람을 예시로 보여 주면서 독자에게 말하고자 하는 이야기로 이끌고 있다.

(3) 아프리카 초원에는 혹돼지라고 부르는 멧돼지가 있습니다. 이 멧돼지를 비롯한 아프리카의 많은 큰 동물들의 몸에는 새들이 들러붙어 삽니다. 때로는 열 마리 정도가 들러붙어 있습니다. 매우 귀찮아할 것 같지만 멧돼지나 다른 큰 동물들은 이 새들을 아주 좋아합니다. 이 새들이 몸에 붙은 기생충을 다 잡아 주기 때문이죠. 이렇게 큰 동물들과 새들처럼 두 쪽 모두가 이득을 취하는 관계를 상리 공생이라고 합니다. (『서로 돕는 사회』, 69면)

상리 공생이란 두 동물이 서로 이득을 취하는 관계를 뜻하는 것으로 정의하여 설명하고 있고, 이 개념 정의를 위해 아프리카 초원에 사는 멧돼지와 새들을 예로 들어 설명하고 있다. 곧 글쓴이는 정의와 예시의 방법으로 설명하고 있다.

(4) 중국의 젓가락은 길고 끝이 뭉툭하고, 일본의 젓가락은 짧고 끝이 뾰족하다. 한국의 젓가락은 길이가 중국과 일본의 중간쯤 되고 끝이 납작하다. 한·중·일 삼국의 젓가락 가운데 무엇이 더 우수하다고 할 수는 없다. 각국의 식사 문화가 낳은 산물이기 때문이다. (『한·중·일 삼국의 젓가락』, 75면)

중국과 일본, 한국의 젓가락의 차이점을 말하고 있다. 대조의 방법으로 삼국의 식사 문화에서 나온 젓가락을 설명하고 있다.

2. 글의 내용을 파악하고 '설명의 방법' 적용해 보기

다음 글을 읽고 물음에 답을 해 봅시다.

서울에서 강변북로와 자유로를 타고 문산 방향으로 가다가 37번 국도로 빠져나와 달리다 보면 경기도 파주시 적성면 자장리가 나온다. 길가에 낯선 입간판이 보여 안쪽으로 들어서면 '북한군 중국군 묘지 안내도'가 보인다. 이곳은 한국 전쟁에서 남한과 서로 적으로 맞선 상대인 북한군과 중국군의 무덤이다. 제1묘역, 제2묘역으로 표시된 입간판이 서 있다. 안내도에는 이렇게 적혀 있다.

"이곳은 6·25 전쟁(1950.6.25~1953.7.27)에서 전사한 북한군과 중국군 유해, 6·25 전쟁 이후 수습된 북한군 유해를 안장한 묘지이다. 대한민국은 제네바 협약과 인도주의 정신에 따라 1996년 6월 묘역을 구성하였으며, 묘역은 6,099㎡로 1묘역과 2묘역으로 구분되어 있다."

이곳은 '적군 묘지'로도 불린다. 군부대가 관리하고 있지만 지키는 사람이 없어 출입이 자유로웠다. 왼쪽의 1묘역에는 북한군 유해(유골)만 안치되어 있고, 오른쪽의 2묘역에는 북한군과 중국군의 유해가 함께 안장되어 있다고 한다. 무덤마다 놓인 비석에는 누구의 무덤인지, 어디에서 전사했는지 등의 기록이 적혀 있다. 2묘역에 있던 중국군 유해는 2014년 무렵부터 몇 번에 걸쳐 대부분 중국으로 돌려보냈다고 한다. 지금은 북한군 무덤만 남아 있다. 더러 '무명인' 비석이 눈에 들어온다. 이름도 없이 스러져 간 젊은 넋이 여기에 누워 있는 것이다.

1묘역에는 한국 전쟁 때 숨진 북한군 유해에다 한국 전쟁 이후 남쪽에서 내려왔다가 숨진 북한군도 안장되어 있다고 한다. 그래서 여기는 2묘역보다 조금 더 잘 단장되어 있는 곳이다. 말끔히 단장된 1묘역을 돌아보다가 문득 무덤이 모두 북쪽을 향하고 있다는 생각이 들었다. 여기서 휴전선까지는 불과 몇십 리다. 비록 육신은 땅에 묻혔지만 영혼이라도 고향을 바라보기를 바라는 마음에서 이렇게 배치한 것이 아닐까? 그런 배려를 해 준 사람이 새삼 고맙다.

여기에 묻혀 있는 저 무덤 속 젊은이들이 자기 고향 땅으로 돌아갈 날은 언제일까? 남과 북 누구도 쉽게 말할 수 없을 것이다. 북한과 미국이 북쪽에 안장되어 있던 미군의 유해를 발굴하고 송환하는 뉴스를 보면서, 우리 남과 북 모두 전쟁의 상처가 아물지 못하고 있음을 확인한다. 화해와 평화의 실천이 더욱 필요하고 중요하다는 것을 거꾸로 확인하는 셈이다.

(박종호 「적군 묘지 앞에서」 2018)

(1) 이 글의 중심 내용은 무엇입니까?

북한군 유해가 묻혀 있는 파주 '적군 묘지'에 대한 설명 및 이 묘지를 바라보며 소회하는 지은이의 감상.

(2) 적군 묘지에서 무덤이 북쪽을 향하고 있는 까닭을 추측해 봅시다.

비록 육신은 땅에 묻혔지만 영혼이라도 고향을 바라보기를 바라는 마음에서가 아닐까 하고 지은이는 추측하고 있다.

(3) 이 글에 사용된 주된 설명 방법을 찾아 정리해 봅시다.

적군 묘지까지 다다르는 길에 대한 과정 설명, 1묘역과 2묘역에 대한 분류와 구분.

(4) 이 글에 사용된 설명 방법은 적절한지 그 까닭을 들어 말해 봅시다.

적군 묘지의 1묘역과 2묘역에 대한 구분이 잘 나타나 있어 내용을 파악하기 쉬우므로 적절한 설명이다.

(5) 이 글과 같이 어떤 대상을 정하고, 적절한 설명의 방법을 활용하여 글을 써 봅시다.

• **설명하려고 하는 대상:** (보들보들한 인형을 좋아하는 사람과 딱딱한 인형을 좋아하는 사람)
• **설명의 방법:** (정의 내리기, 비교와 대조)

인형을 좋아하는 사람들을 두 종류로 나누어 본다면, '보들보들파'와 '딱딱파' 아닐까? 보들보들파는 솜이 든 털 뭉치 인형을 좋아하는 사람들이다. 곰일 수도, 강아지일 수도, 토끼일 수도 있겠지만 어쨌든 동물의 형상을 띠고 있을 것이다. 이런 인형들은 대체로 포유류의 어린 시절 모습을 모방해서 만든다. 귀여움을 강조해서 우리 안의 보호 본능을 이끌어 내는 것이다.
반면 딱딱파는, 인형을 만지며 촉감을 만족시키기보다는 눈으로 보고 머릿속으로 감상하기를 즐기는 사람이다. 그들은 캐릭터가 주는 서사 구조 안에서 즐거움을 찾으며, 많은 경우 수집 욕구와 소속 욕구를 가지고 있다. 잘 보이는 장식장 안, 또는 책상 위가 이 딱딱파의 반려 인형들이 자리할 곳이다. 귀여운 동물보다는 사람이나 그에 준하는 형상인 경우가 더 많다.

|161~164쪽|

1. 우리 동네 사진전

여러분은 '우리 동네' 하면 어떤 기억들이 떠오르나요? 하굣길에 친구와 같이 떡볶이를 먹으며 다정하게 걷던 길목, 영어 단어장을 손에 꼭 쥐고 외우며 기다렸던 버스 정류장, 우리 동네 터줏대감 야옹이……. 친구들과 함께 자신의 특별한 추억이 깃든 우리 동네의 모습을 담아 소개하는 '우리 동네 사진전'을 열어 봅시다.

(1) 동네에서 자신의 추억이 깃든 장소를 찾아 사진을 찍어 봅시다.

(2) 다양한 표현을 활용하여 사진에 개성 있는 제목을 붙이고, 사진에 담긴 경험을 소개하는 짧은 글을 적어 봅시다.

학생 사진전

다 같이 돌자, 동네 한 바퀴!

나무가 많아서, 혹은 양치기가 많아서 '목동'이란 이름을 갖게 되었다는 우리 동네. 하지만 오늘날에는 나무가 자라던 자리에 아파트가 숲을 이루고, 학원 간판이 우후죽순 솟아올랐다. 단지 목동에 산다는 이유만으로 종종 '특별한 시선'을 받을 때도 있지만, 우리는 여느 동네 친구들과 다름없이 '평범한' 중학교 2학년일 뿐이다. 밤늦도록 꺼지지 않는 학원 불빛 사이로 꿈의 별자리를 찾기도 하고, 어쩌다 학원 땡땡이를 시도하며 자유와 행복감을 만끽하는 우리들! 그 무섭다는 중2가 아닌 순수한 우리들의 이야기에 초대한다.

가던 길, 놀러 가던 길, 학원 가던 길 집 앞의 공원 길. 어린 시절 놀이터를 향해 신나게 달려 가던 나를 위해 시원한 그늘을 만들어 준 나무들. 요즘엔 영어 단어장만 들여다보며 학원을 향해 발걸음을 재촉하다 보니 나무 그늘이 이렇게 깊어진 줄 몰랐다.(사진·글 장준혁)

용돈이 사라진다, 너 때문에 보기만 해도 정겨운 이곳은 용돈을 빼앗아 가는 나쁜 친구이기도 했지만 나에게 즐거움을 주는 좋은 친구이기도 했다. 배가 출출해지는 방과 후에 서정분식에서 떡볶이와 슬러시를 종종 사 먹으며 허기를 달래곤 했다. 둘리문구는 나도 모르는 사이에 용돈을 사라지게 하는 주범이었다. (사진·글 김지훈)

너는 그대로인데 나는 훌쩍 커 버렸다 어렸을 때부터 자주 가던 어느 카페 입구의 계단이다. 계단 뒤에는 정원이 있는데, 그곳에서 숨바꼭질도 하고 책도 읽으며 시간을 보내곤 했다. 어렸을 때에는 그 정원이 정말 크고 신기한 모험의 세계 같았는데, 크고 나서 와 보니 그저 조그만 정원이라는 생각이 든다. 몸과 마음이 자라는 동안 내 비밀의 공간은 그대로 남아 있었다. (사진·글 김정희)

고생 끝에 언젠간 돌아올 낙 아파트 단지 안에 있는 테니스장이다. 이곳에서 엄마와 초등학교 4학년 때부터 테니스를 배우기 시작했지만 시간이 지날수록 흥미도 느끼지 못해서 그만뒀다. 지금은 엄마와 동생이 강습을 받고 있고, 나는 가끔씩 구경 가면서 다시 시작하고픈 마음도 들기도 한다. 나도 노력하면 언젠가 낙이 오겠지? (사진·글 이윤서)

참 좋을 때다! 지금은 중학생이 되어 학원과 시험 틈에 껴 바쁘게 살아가고 있다. 저 초등학교 근처를 지나갈 때마다 운동장에서 아무 걱정 없이 재밌게 뛰어노는 아이들이 정말 부럽다. 영원할 것 같지? 너네도 금방이야~ (사진·글 현민예)

2. 청소년에 대한 글쓰기: 우리는 ○○○입니다

「우리는 열대어입니다」는 청소년의 특징을 열대어에 비유하여 쓴 글입니다. 약하고, 진화하고, 혼자 두면 안 되는 특징을 가진 열대어에 청소년을 빗대어 주제를 효과적으로 전달합니다. 자신이 생각하는 우리 청소년의 특징은 무엇인지, 청소년을 무엇에 비유할 수 있는지 생각해 봅시다.

학생 예시글

(1) 자신이 생각하는 청소년의 특징을 나열해 봅시다.
예민하다. 다른 사람의 영향을 잘 받는다. 조금 비관적이다.

(2) (1)에서 적은 특징과 관련하여 청소년을 빗댈 수 있는 대상과 그 이유를 생각해 봅시다.
빗댈 수 있는 대상: 스노볼
그 이유: 조금만 건드려도 안의 가루들이 흩날리는 것이 바깥의 영향을 잘 받는 청소년과 닮았다. 각각의 스노볼 속에 담긴 보석들이 청소년이 가지고 있는 꿈과 가치관과 비슷하다.

(3) '우리는 ○○○입니다'라는 제목으로 글을 써 봅시다.

우리는 스노볼입니다

송윤솔(학생)

여러분은 '스노볼'을 본 적이 있나요? 저는 초등학교 3학년쯤 친구 집에 놀러 가서 처음으로 그것을 보았습니다. 스노볼 안의 다채로운 보석을 닮은 산호초와, 흔들면 내리는 연한 분홍빛 가루들의 향연, 그리고 그걸 담고 있는 동그란 유리볼은 어찌나 아름답던지 그때만큼은 아기자기한 소품에 관심이 없는 부모님이 원망스러웠습니다. 그렇지만 제가 더 놀랐던 부분은 책장에서 햇빛을 받아 반짝이던 십여 개의 스노볼들을 보았을 때였습니다. 친구는 자랑스럽게 그것을 보여 주며 원하는 것 하나를 주겠다고 했습니다. 어린 저의 온 마음은 그 한마디에 기쁨으로 차올랐죠. 받은 스노볼이 혹여

나 깨질까 조마조마하며 두 손으로 받쳐 왔던 기억이 납니다.

청소년이란 무엇일까요? 어른들은 멋진 말로 우리를 표현해 주지만 저는 잘 모르겠습니다. 저와 제 친구들의 모습을 생각해 보면 가장 먼저 드는 생각이 다른 사람의 영향을 잘 받는다는 것입니다. 마치 바깥의 작은 흔들림에도 빛나는 가루들의 폭풍 때문에 뿌옇게 변해 버리는 스노볼처럼 다른 사람의 말 한마디, 행동 하나에도 우리의 마음에서는 커다란 폭풍이 휘몰아칩니다. 그 폭풍들은 어쩌면 우리 안의 보석들과 시야를 가리는 폭풍일지도 모릅니다. 우리는 늘 감정적이기에, 고집불통이기에 답답해 보일 수 있습니다. 하지만 유리볼이 단단해 보인들 너무나 잘 흔들리고 깨져 버립니다. 우리는 흔들리다 지치기도 하고, 가끔은 흔들리는 자신이 싫어지기도 합니다. 하지만 그렇기에, 그럴 수 있기에 더 크게 휘몰아칠수록 우리는 아름다운 것 아닐까요?

제 친구들을 살펴보면 점점 자신의 개성이 드러나는 친구들이 많습니다. 제법 어른다운 생각을 가진 아이들도 있죠. 하지만 그들의 공통점은 자신의 마음속에 저마다의 개성 있는 보석을 만들어 가고 있다는 것입니다. 청소년기의 가장 중요한 과제는 자신의 가치관과 인격을 만들어 가는 것이라고 생각합니다. 그걸 알고 있기에 우리는 더 혼란스러워하고, 무엇을 해야 하는지 모르는 것이죠. 우리 안의 보석은 매 시간 흔들릴 때마다 변화합니다. 우리가 꿈꾸는 멋진 어른이 되기 위해 우리의 보석을 다듬습니다. 그렇지만 보석은 우리가 원하고 꿈꾸는 방향과는 다른 방향으로 바뀌어 버릴 때가 많죠. 그것은 사라지기도 하고, 가끔은 흉하게 일그러지기도 합니다. 어른이 된다는 건, 그 큰 흔들림에도 자신의 보석을 지켜 낼 수 있게 되는 걸까요? 그렇게 더 이상 사라지지도, 일그러지지도 않는 잘 다듬어진 보석을 안고 살아갈 수 있게 되는 걸까요? 어른이란 존재는 너무나 단단해 보입니다. 어른이 된다는 게 어떤 것인지 잘 모르겠습니다. 하지만 어쩌면 경험이 많아진다는 건, 그만큼 책임을 지게 되어 지금보다 망설여야 하는 것이 많아진다는 의미일지도 모릅니다. 어른이 된다는 건 덜 흔들리는 만큼 보석을 다듬는 데 무뎌지는 것일까요? 그렇다면 저는 지금 최대한으로 흔들려야겠습니다. 언젠가 어른이 되었을 때 지금보다 아름답고 소중한 나의 보석을 가질 수 있도록 더 흔들리고, 넘어져 보아야겠습니다.

중2

국어 교과서
수록 작품 보기

| 시 |

작가	작품	수록 교과서
강정안	실비	천재(노미숙) 2-2
경종호	새싹 하나가 나기까지는	천재(박영목) 2-2
곽재구	바람이 좋은 저녁	교학사(남미영) 2-1
기형도	엄마 걱정	천재(노미숙) 2-1 천재(박영목) 2-1
김광균	외인촌	미래엔(신유식) 2-2
김광섭	저녁에	미래엔(신유식) 2-2
김소월	진달래꽃	교학사(남미영) 2-1 지학사(이삼형) 2-1
김소월	먼 후일	교학사(남미영) 2-1 비상(김진수) 2-1 천재(노미숙) 2-2 천재(박영목) 2-1
김소월	진달래꽃	동아(이은영) 2-2 지학사(이삼형) 2-1
김수영	파밭 가에서	교학사(남미영) 2-1
김승희	배꼽을 위한 연가 5	금성(류수열) 2-2
김종길	성탄제	천재(노미숙) 2-2
김춘수	샤갈의 마을에 내리는 눈	미래엔(신유식) 2-2
나태주	아름다운 사람	창비(이도영) 2-2
나태주	좋은 책	교학사(남미영) 2-1
나희덕	귀뚜라미	미래엔(신유식) 2-1
나희덕	땅끝	교학사(남미영) 2-1
나희덕	방을 얻다	금성(류수열) 2-2
문삼석	그림자	천재(박영목) 2-1

작가	작품	수록 교과서
문정희	겨울 일기	교학사(남미영) 2-1
배우식	북어	금성(류수열) 2-1
백석	고향	천재(노미숙) 2-1
백석	박각시 오는 저녁	동아(이은영) 2-1
복효근	절친	창비(이도영) 2-1
복효근	세상에서 가장 따뜻했던 저녁	지학사(이삼형) 2-2
비스와바 심보르스카	돌과의 대화	동아(이은영) 2-1
서정홍	우리말 사랑 1	천재(박영목) 2-1
손동연	낙타	천재(노미숙) 2-1
신형건	넌 바보다	미래엔(신유식) 2-1
안도현	사랑	금성(류수열) 2-2
오은	미니 시리즈	지학사(이삼형) 2-1
유하	자동문 앞에서	금성(류수열) 2-2
윤동주	별 헤는 밤	천재(노미숙) 2-2
윤동주	새로운 길	금성(류수열) 2-1
윤희상	소를 웃긴 꽃	천재(노미숙) 2-1
이면우	빵집	천재(박영목) 2-1
이시영	마음의 고향	창비(이도영) 2-2
이재무	딸기	천재(박영목) 2-1
이직	까마귀 검다 하고	동아(이은영) 2-1 지학사(이삼형) 2-2
이택	감장새 작다 하고	금성(류수열) 2-1
이해인	듣게 하소서	미래엔(신유식) 2-2
이형기	낙화	천재(노미숙) 2-2
장철문	전봇대는 혼자다	동아(이은영) 2-1
정몽주의 어머니	까마귀 싸우는 골에	동아(이은영) 2-1 지학사(이삼형) 2-2
정완영	물, 수, 제, 비	금성(류수열) 2-1

작가	작품	수록 교과서
정윤천	긔여	교학사(남미영) 2-2
정지용	고향	천재(노미숙) 2-1
정진규	별	동아(이은영) 2-2
정철	훈민가	천재(노미숙) 2-1
정호승	풀잎에도 상처가 있다	창비(이도영) 2-1
정호승	귀뚜라미에게 받은 짧은 편지	지학사(이삼형) 2-2
정희성	민지의 꽃	비상(김진수) 2-2
조향미	못난 사과	비상(김진수) 2-1 천재(노미숙) 2-2
조향미	시 창작 시간	금성(류수열) 2-1
지은이 모름	두꺼비 파리를 물고	미래엔(신유식) 2-1 비상(김진수) 2-1
지은이 모름	굼벙이 매암이 되야	교학사(남미영) 2-1
최명란	무지개	미래엔(신유식) 2-1
최승호	메아리	창비(이도영) 2-1
최승호	코뿔소	천재(박영목) 2-1
하상욱	2년 약정	천재(노미숙) 2-2
한용운	나룻배와 행인	교학사(남미영) 2-1 천재(박영목) 2-1
함민복	독(毒)은 아름답다	천재(박영목) 2-1
함민복	비린내라뇨!	천재(노미숙) 2-1
황인숙	모진 소리	천재(박영목) 2-2

| 소설 |

작가	작품	수록 교과서
공선옥	일가	비상(김진수) 2-2
김기정	박각시와 주락시	동아(이은영) 2-1
김애란	두근두근 내 인생	지학사(이삼형) 2-2 창비(이도영) 2-2
김원석	새 닭이 된 헌 닭	천재(노미숙) 2-1
김유정	동백꽃	금성(류수열) 2-1 미래엔(신유식) 2-1 지학사(이삼형) 2-2 교학사(남미영) 2-1 창비(이도영) 2-1 천재(노미숙) 2-1 천재(박영목) 2-1
로버트 뉴턴 펙	돼지가 한 마리도 죽지 않던 날	비상(김진수) 2-1
류일윤	놀부전	미래엔(신유식) 2-2
바버라 오코너	개를 훔치는 완벽한 방법	미래엔(신유식) 2-2
박경리	토지	지학사(이삼형) 2-1
박완서	달걀은 달걀로 갚으렴	미래엔(신유식) 2-2
박완서	미망	천재(박영목) 2-1
박지원	양반전	동아(이은영) 2-2 지학사(이삼형) 2-1 천재(노미숙) 2-2 천재(박영목) 2-1
박지원	허생전	천재(박영목) 2-1
박지원	호질	천재(박영목) 2-1
생텍쥐페리	어린 왕자	지학사(이삼형) 2-1 천재(노미숙) 2-2
샤론 크리치	정어리 같은 내 인생	천재(노미숙) 2-1
성석제	내가 그린 히말라야시다 그림	미래엔(신유식) 2-1 지학사(이삼형) 2-2
양귀자	원미동 사람들	비상(김진수) 2-1
오승희	할머니를 따라간 메주	창비(이도영) 2-1

작가	작품	수록 교과서
오정희	소음 공해	미래엔(신유식) 2-2
이경혜	흑설 공주	지학사(이삼형) 2-1
이병주	행복어 사전	천재(박영목) 2-1
이순원	아들과 함께 걷는 길	동아(이은영) 2-1 지학사(이삼형) 2-1
제임스 서버	공주님의 달	금성(류수열) 2-1
주요섭	사랑손님과 어머니	동아(이은영) 2-1 창비(이도영) 2-1
지은이 모름	흥부전	미래엔(신유식) 2-2 천재(노미숙) 2-2
지은이 모름	춘향전	동아(이은영) 2-1 비상(김진수) 2-2 창비(이도영) 2-1
채만식	이상한 선생님	비상(김진수) 2-1
최명희	혼불	천재(박영목) 2-1
허균	홍길동전	교학사(남미영) 2-2 금성(류수열) 2-1
현진건	운수 좋은 날	금성(류수열) 2-2 천재(노미숙) 2-2
황순원	소나기	미래엔(신유식) 2-2 천재(박영목) 2-2

| 수필 |

작가	작품	수록 교과서
고두현	인쇄 중에도 문장 고쳐 쓴 발자크	지학사(이삼형) 2-1
과학기술정보통신부	연도별·대상별 스마트폰 과의존 위험 현황	동아(이은영) 2-2
『과학동아』 집필진	명태의 귀환	지학사(이삼형) 2-1

작가	작품	수록 교과서
국립한글박물관	정보화 시대에 더 빛나는 한글	동아(이은영) 2-2 미래엔(신유식) 2-1
국립한글박물관	한글의 창제 원리	지학사(이삼형) 2-2
권오길	메뚜기의 구조	교학사(남미영) 2-2
권오남 외	페르미 추정	동아(이은영) 2-2
권용선	세상을 만나러 가는 길	금성(류수열) 2-2
권용선	읽으면 읽을수록 좋은 만병통치약	교학사(남미영) 2-1 비상(김진수) 2-1
권용선	우리는 책을 읽는다, 왜?	동아(이은영) 2-2
금성 교과서 집필진	근대 역사의 모습을 간직한 덕수궁	금성(류수열) 2-1
금성 교과서 집필진	황금비 강연	금성(류수열) 2-1
김경은	한·중·일 삼국의 젓가락	천재(박영목) 2-2
김경일	내가 보는 세상은 진짜일까	지학사(이삼형) 2-1
김경희	독도 주변의 바다 친구	동아(이은영) 2-2
김도경	온돌의 구조	동아(이은영) 2-1
김문태	서당 일일 훈장이 된 김득신	천재(박영목) 2-1
김병완	엘윈 브룩스 화이트의 말	교학사(남미영) 2-1
김상윤	우린 열대어입니다	지학사(이삼형) 2-1
김선우	지렁이 울음소리를 들을 수 있는 세상	창비(이도영) 2-1
김영운	국악 개론	비상(김진수) 2-1
김유주(학생 글)	슬기에게	천재(박영목) 2-1
김정훈	정전기가 겨울로 간 까닭은?	천재(박영목) 2-2
김종덕	느림의 가치를 재발견하자	동아(이은영) 2-2
김주환	글쓰기는 재능의 문제일까요?	창비(이도영) 2-2
김한룡	네 말이 옳다, 네 말도 옳다	창비(이도영) 2-1
김형배	한글, 모든 문자의 꿈	비상(김진수) 2-2
김형석 외	청소년 스트레스, 대화가 해답이다	미래엔(신유식) 2-1
김형자	과학 독서가 중요한 이유	금성(류수열) 2-2

작가	작품	수록 교과서
김형자	콧구멍이 두 개인 까닭	미래엔(신유식) 2-2
깨끗한 미디어를 위한 교사운동	눈앞에 펼쳐지는 세상, 증강 현실	창비(이도영) 2-2
나희덕	실수	동아(이은영) 2-2
넬슨 만델라	넬슨 만델라 연설문	비상(김진수) 2-1
다니엘 페낙	독자의 권리	금성(류수열) 2-2
대럴 허프	사람 눈을 속이는 그래프	천재(박영목) 2-2
류시화	나의 모국어는 침묵	미래엔(신유식) 2-1
문세영	외향적인 사람이 강하다	천재(노미숙) 2-1
문정희	흙을 밟고 싶다	천재(노미숙) 2-1
박웅현	『토지』는 히까닥하지 않았다	금성(류수열) 2-2
박정호	소비자의 지갑을 여는 가격의 비밀	천재(박영목) 2-2
박철상	이덕무와 책	비상(김진수) 2-1
배명진	좋은 소음도 있다? 백색 소음 효과	미래엔(신유식) 2-2
법정	무소유	교학사(남미영) 2-1
볼프강 코른	엄지를 추켜세우면?	창비(이도영) 2-1
부희령	물건들	금성(류수열) 2-2
서동준	우리는 왜 간지럼을 느낄까	천재(노미숙) 2-1
서민	개 기르지 맙시다	천재(박영목) 2-1
서희태	자신만의 서재를 만들자	동아(이은영) 2-2
성석제	맛있는 책, 일생의 보약	천재(노미숙) 2-2 천재(박영목) 2-1
세번 컬리스 스즈키	세상의 모든 어버이들께	지학사(이삼형) 2-1
송석영 외	개의 후각	미래엔(신유식) 2-2
스테판 머마우, 웬디 리 올드필드	세상에 없는 새로운 물고기를 만들어 볼까?	창비(이도영) 2-1
신영훈	우리가 정말 알아야 할 우리 한옥	지학사(이삼형) 2-2
아라이 히로유키	스마트폰 노안	비상(김진수) 2-2

작가	작품	수록 교과서
안도섭	퇴계 이황의 말	교학사(남미영) 2-1
안상헌	기억을 되살리는 붙임 쪽지	창비(이도영) 2-2
안소영	책만 보는 바보	동아(이은영) 2-2
알베르토 망구엘	독서의 역사	금성(류수열) 2-2
엄홍길	산악인 엄홍길의 서재	지학사(이삼형) 2-2
연세대 인문학연구원 HK 문자연구사업단	10대에게 권하는 문자 이야기	천재(노미숙) 2-2
염지현	퍼지 이론	동아(이은영) 2-2
우종영	보잘것없는 나무들이 아름다운 이유	비상(김진수) 2-1
우지민(학생 글)	안도현의 「사랑」을 읽고	금성(류수열) 2-2
유애리	우리말을 생각한다	창비(이도영) 2-2
윤덕원	노래를 만들고 부르는 사람	창비(이도영) 2-2
윤형섭	게임이 우리에게 주는 혜택	금성(류수열) 2-2
이광표	한국 종과 서양 종의 차이	미래엔(신유식) 2-2
이규태	헛기침으로 백 마디 말을 하다	지학사(이삼형) 2-2
이기호	뷔페를 다녀오십니까	금성(류수열) 2-1
이두현 외	독도를 부탁해	미래엔(신유식) 2-2
이명옥	그림에서 들려오는 소리	미래엔(신유식) 2-2
이문구	열보다 큰 아홉	지학사(이삼형) 2-1
이미애	따뜻한 조약돌	지학사(이삼형) 2-2
이순신	이순신의 말	교학사(남미영) 2-1
이승민, 강안	자유를 향한 질주	금성(류수열) 2-2
이유미	다시 보는 귀화 식물	천재(박영목) 2-2
이익섭	'꽃'인가 '곳'인가	지학사(이삼형) 2-1
이익섭	한글의 창제	동아(이은영) 2-2
이정모	사람에게 가장 위험한 동물	금성(류수열) 2-2
이충렬	간송 전형필, 『훈민정음해례본』을 구하다	천재(박영목) 2-2
임병식	문을 밀까, 두드릴까	교학사(남미영) 2-1

작가	작품	수록 교과서
임지룡 외	훈민정음의 창제 원리	금성(류수열) 2-1
임칠성 외	소극적 들어 주기/적극적 들어 주기	비상(김진수) 2-2
장 자크 루소	루소의 말	교학사(남미영) 2-2
장석주	내가 읽은 책이 곧 나의 우주다	천재(노미숙) 2-2
전국지리교사모임	지리 선생님과 함께하는 우리 나라 도시 여행	지학사(이삼형) 2-1
전영우	효과적인 듣기의 방법	천재(박영목) 2-1
전제덕, 이동진, 정재승	지식인의 서재	천재(노미숙) 2-2
제이슨 머코스키	무엇으로 읽을 것인가	금성(류수열) 2-2
조남호	속담을 활용한 글쓰기	천재(박영목) 2-1
조동일	우리말 오용의 범인	금성(류수열) 2-1
조성룡	공간과 환경은 사람에게 어떻게 영향을 미치는가	금성(류수열) 2-2
조수미	솔직함이 영혼을 울리는 감동을 만든다	지학사(이삼형) 2-2
조준현	중학생도 세금을 내나요	금성(류수열) 2-2 동아(이은영) 2-1 지학사(이삼형) 2-2
진소영	지혜가 담긴 음식, 발효 식품	비상(김진수) 2-1
창비 교과서 집필진	김홍도의 「서당」에 담긴 이야기	창비(이도영) 2-1
창비 교과서 집필진	스마트폰의 두 얼굴	창비(이도영) 2-2
창비 교과서 집필진	코끼리는 볼 수 있지만, 상아는 볼 수 없다	창비(이도영) 2-2
최경봉, 시정곤, 박영준	정보화 시대, 한글의 가능성	지학사(이삼형) 2-2 창비(이도영) 2-2
최원석	줄다리기의 기원	비상(김진수) 2-1
최은숙	아끼다가 똥 될지라도	비상(김진수) 2-2
최재천	과학자의 서재	미래엔(신유식) 2-1
최재천	서로 돕는 사회	교학사(남미영) 2-2
KBS 명견만리 제작진	착한 소비, 내 지갑 속의 투표용지	천재(노미숙) 2-1
KBS 생로병사의 비밀 제작진	아침 식사의 힘	교학사(남미영) 2-2

작가	작품	수록 교과서
프란스 드 발	공감의 시대	교학사(남미영) 2-1
한승헌	천국에 가고 싶지 않은 아이	금성(류수열) 2-2
함영훈	정보를 담은 그림, 픽토그램	지학사(이삼형) 2-2
허은실	국어 교과서도 탐내는 맛있는 속담	비상(김진수) 2-2

국어 교과서 작품 읽기: 중2 100% 활용북

펴낸이 · 염종선
책임편집 · 정소영
조판 · 권은경
펴낸곳 · (주)창비
등록 · 1986년 8월 5일 제85호
주소 · 10881 경기도 파주시 회동길 184
전화 · 031·955·3333
팩시밀리 · 영업 031·955·3399 편집 031·955·3400
홈페이지 · www.changbi.com
전자우편 · ya@changbi.com